文
景

Horizon

社 科 新 知　文 艺 新 潮

文景古典 · 名译插图本

阿里斯托芬喜剧集

骑士

罗念生——译

骑士

阿提卡红绘浅酒盏（kylix）内部，约公元前500—前490年

现藏于卢浮宫

Jastrow 摄

骑士、鸟与一个有翅膀的人物（疑为胜利女神）

拉科尼亚黑绘浅酒盏，约公元前 550—前 530 年

现藏于大英博物馆

Jastrow 摄

骑士

阿提卡黑绘水罐（hydria），约公元前 510—前 500 年

现藏于卢浮宫

Marie-Lan Nguyen 摄

主人和他的奴隶

红绘盏状双耳喷口罐（calyx-krater），A面，约公元前350—前340年

现藏于卢浮宫

Jastrow 摄

目　录

骑　士

附录　1954 年版《阿里斯托芬喜剧集》材料

骑　士

根据罗泽斯（B. B. Rogers）编订的《阿里斯托芬的骑士》（*The Knights of Aristophanes*, George Bell and Sons, London, 1930）希腊原文译出。

场　次

一　**开场**（原诗 1—241 行）

二　**进场**（原诗 242—268 行）

三　**第一场（第一次对驳）**（原诗 269—497 行）

四　**第一插曲**（原诗 498—610 行）

五　**第二场**（原诗 611—755 行）

六　**第三场（第二次对驳）**（原诗 756—941 行）

七　**第四场**（原诗 942—972 行）

八　**第一合唱歌**（原诗 973—996 行）

九　**第五场**（原诗 997—1110 行）

十　**第二合唱歌**（原诗 1111—1150 行）

十一　**第六场**（原诗 1151—1263 行）

十二　**第二插曲**（原诗 1264—1315 行）

十三　**退场**（原诗 1316—1408 行）

人　物

（以进场先后为序）

得摩斯忒涅斯　德谟斯（Demos）的仆人[1]

尼喀阿斯　德谟斯的仆人[2]

腊肠贩　名阿戈剌克里托斯（Agoracritos）

帕佛拉工　德谟斯的管家[3]

歌队　由二十四个骑士组成

德谟斯　一个老年人，雅典人民的化身

男孩

少女三人　和约的象征

布　景

一块空地，后来变作雅典公民大会会场，背景是德谟斯的屋子

时　代

公元前 424 年

一　开场

景后有鞭打声、尖叫声。得摩斯忒涅斯和尼喀阿斯自屋内上。

得摩斯忒涅斯　哎呀，倒霉啦，哎呀！但愿神明把这个新买来的坏蛋帕佛拉工连同他的诡计一起毁灭掉，因为自从他进了家门，就叫我们这些仆人老是挨皮鞭。

尼喀阿斯　但愿这个头号的帕佛拉工连同他的诬告一起毁灭掉！

得摩斯忒涅斯　可怜的人，你觉得怎么样了？

尼喀阿斯　痛得很，还不是和你一样。

得摩斯忒涅斯　到这儿来，我们一同来哼一支乌吕谟波斯的曲子吧。[4]

尼喀阿斯　呜呜，呜呜，呜呜，呜呜，呜呜，呜呜！

得摩斯忒涅斯　呜呜有什么用？我们应当想个安全办法，不要再哭了。

尼喀阿斯　有什么安全办法？你说说看！

得摩斯忒涅斯　还是你告诉我吧，免得我同你争吵。

尼喀阿斯　凭阿波罗起誓[5]，我不。还是你大胆地说出来，我再表示意见。

得摩斯忒涅斯　“但愿你把我想说的说出来！”[6]

尼喀阿斯　我可没这胆量。我要是能够说得像欧里庇得斯那样妙，那多好！

得摩斯忒涅斯　算了，不要给我“野萝卜”吃了[7]！快想办法同我们的主人玩玩“捉迷藏”把戏。

尼喀阿斯　你说“得——奥”，慢慢连起来。

得摩斯忒涅斯　我就说“得——奥”。

尼喀阿斯　说了“得——奥”，再说“不——奥”。

得摩斯忒涅斯　“不——奥”。

尼喀阿斯　很好。现在就像捋东西那样，一松一紧，先松后紧，先说“得——奥，不——奥”，再说“得奥，不奥”，反复几下，越说越快。

得摩斯忒涅斯 得——奥，不——奥，得奥，不奥，得奥不奥，逃跑！[8]

尼喀阿斯 对了，痛快吗？

得摩斯忒涅斯 凭宙斯起誓[9]，倒也痛快，只不过我害怕你这话不吉利，会伤了我的皮。

尼喀阿斯 为什么？

得摩斯忒涅斯 因为那样一来，会把皮弄掉的。[10]

尼喀阿斯 既然没办法，最好去拜拜什么神——神——神像。 31

得摩斯忒涅斯 什么“神——神——神像”？你真相信有神吗？

尼喀阿斯 我相信有。

得摩斯忒涅斯 你怎么知道？

尼喀阿斯 因为我就是个天神所厌恶的人。你说对不对？

得摩斯忒涅斯 你真会说。但是我们得另想办法。你赞成把事情告诉观众吗？

尼喀阿斯 也好。我们可以要求他们用脸色向我们表示，他们到底喜欢不喜欢我们的言语和行动。 39

得摩斯忒涅斯 那我现在就说吧。我们俩有一个粗暴的主人，爱吃豆子，脾气大，他就是“普倪克斯”乡的德谟斯，一个急性子的小老头儿，耳朵有点“聋”。[11]上月初他买来了一个奴隶，一个硝皮匠，[12]绰号帕佛拉工，最卑鄙，最善于诬告！这个帕佛拉工皮匠摸到了老头子的脾气，他奉承主人，摆尾巴，恭维他，用“皮屑”来哄骗他，[13]向他这样说：“德谟斯啊，你先去判断一桩案件，拿他三个俄玻罗斯，[14]再去洗澡，吃东西，狼吞虎咽，大嚼大喝。[15]你现在要我给你摆晚饭吗？”于是帕佛拉工就把我们烹调的食物抢了去献给我们的主人。不久以前，我在皮罗斯“打”了一块斯巴达大麦饼，他却跑来用最卑鄙的手段偷了去，把我所“打”得的拿去奉献。[16]他还把我们轰走，不让别人伺候主人；德谟斯吃饭时候，他拿着“皮蝇拍”站在那儿，[17]把那些演说家都吓走了。

他还唱出一些神示，[18]使得老头子迷迷糊糊。看见他昏愦了，就捣鬼，公开地诬告家里的仆人；于是我们就要挨皮鞭。这个帕佛拉工到仆人里头来要挟、威胁、索贿赂，他这样说：“你们看见许拉斯受我的影响挨了皮鞭吗？[19]你们不买动我，今天就活不成！”我们只好送他钱；要不然，我们就会叫老头子踏在脚底下，屙出八倍的屎来！

（向尼喀阿斯）好伙计，现在赶快想一想，应该转
向哪一条路，祈求哪一个人？ 73

尼喀阿斯 好伙计，最好还是转向“逃跑”啊！

得摩斯忒涅斯 但是没有一件事情逃避得了帕佛拉工，因为
一切都在他的眼睛里：他一只腿站在皮罗斯，另一只站
在公民大会，他这样一跨步，屁股正好在“开口”尼
亚，手在“爱偷”利亚，心在“刮搂”庇代乡！[20] 79

尼喀阿斯 那样，“奴只有一死罢了”。[21]可是想一想，怎
样才死得最英勇。

得摩斯忒涅斯 怎样，怎样才算最英勇呢？

尼喀阿斯 最好是喝公牛血，忒弥斯托克勒斯的死法是可
取的。[22] 84

得摩斯忒涅斯 不，还是喝那敬奉幸运神的纯酒吧，[23]也
许我们可以想出个好主意来。

尼喀阿斯 喝“纯酒”！这是你喝酒的时候吗？一个人喝醉
了，怎样想得出好主意来？ 88

得摩斯忒涅斯 真的想不出吗，伙计？你不过是个只会喝清
水、说废话的人！你敢挖苦酒的神通吗？你能够发现什

么东西比酒更有效力？你看见吗？人们喝了酒就会变成富翁，事事顺利，打得赢官司，享得到幸福，帮得上朋友的忙。赶快去给我端一杯酒来，让我润润我的灵机，
96 发发妙论。

尼喀阿斯　哎呀，你喝了酒对我们有什么好处呢？

得摩斯忒涅斯　大有好处。你去端来吧！

尼喀阿斯进屋去。

我要躺下来。[24]等我喝醉了，我要到处撒一些小计策、小意见、小心思。

尼喀阿斯拿着一瓶酒和一只酒杯自屋内上。

尼喀阿斯　多么运气，我从屋里把酒偷了来，没有叫他捉住。

102 **得摩斯忒涅斯**　告诉我，帕佛拉工在干什么？

尼喀阿斯　那恶魔舔光了几块没收来的果子糕，喝醉了酒，躺在他的皮堆上打呼噜呢。

得摩斯忒涅斯　来，给我多倒些纯酒来祭奠祭奠！

尼喀阿斯　你接住，向幸运神祭奠！大口大口地喝掉普剌涅
107 山的幸运神的这杯酒吧！[25]

得摩斯忒涅斯　（喝酒）幸运神啊，这主意是你的，不是我的啊！

尼喀阿斯　请你告诉我，是个什么主意？

得摩斯忒涅斯　趁帕佛拉工在睡觉，快从屋里把他的神示偷出来！

尼喀阿斯　好吧。但是我害怕好运会变成厄运！

尼喀阿斯进屋去。

得摩斯忒涅斯　我且把这酒杯端到唇边，润润我的灵机，发发妙论。

尼喀阿斯自层内拿着一卷纸上。

尼喀阿斯　帕佛拉工大放其屁，大打其呼噜，我把他好好藏着的神示偷了来，没有叫他发觉。

得摩斯忒涅斯　你真是个机灵鬼，快交给我来吟。你给我倒酒喝！让我看这里面究竟写些什么。

哦，是预言！赶快把酒杯递给我，递给我！

尼喀阿斯　得！神示里说的什么？

得摩斯忒涅斯　再倒一杯！

尼喀阿斯　神示里是说“再倒一杯”吗？

得摩斯忒涅斯　预言家巴喀斯啊！[26]

尼喀阿斯　什么呀？

得摩斯忒涅斯　赶快把酒杯递给我！

尼喀阿斯　巴喀斯原来也嗜酒如命呀！

得摩斯忒涅斯　可恶的帕佛拉工啊，这就是你害怕的、你藏了这么久的、关于你本人的神示么！

尼喀阿斯　怎么？

得摩斯忒涅斯　这里面说，他会怎样失败！

尼喀阿斯　怎样失败呢？

得摩斯忒涅斯　怎样吗？神示说得明明白白：最初出现的是个卖碎麻的、他首先掌管城邦的政事。[27]

尼喀阿斯　是个小贩子；以后呢？你说呀！

得摩斯忒涅斯　他后面，是一个卖羊的[28]。

尼喀阿斯　两个小贩子；这第二个的命运怎么样？

得摩斯忒涅斯　他掌权掌到另一个比他更可恶的家伙起来的一天，就失败了。接上来，是这个卖皮革的帕佛拉工，他是一个强盗、一个吵吵闹闹的人，声音像库克罗玻洛斯山洪一样响亮[29]。

尼喀阿斯　那个卖羊的准会失败在这个卖皮革的手里？

得摩斯忒涅斯　对。

尼喀阿斯　哎呀！难道还有一个卖什么的？

得摩斯忒涅斯　还有一个呢，他操一种很特别的职业。

尼喀阿斯　请你告诉我，他是干什么的呀？

得摩斯忒涅斯　要我告诉你吗？

尼喀阿斯　是呀！

得摩斯忒涅斯　是一个卖腊肠的，他会把帕佛拉工撵走。

尼喀阿斯　一个卖腊肠的？哎呀，好个职业！喂，我们到哪里去找他呢？

得摩斯忒涅斯　我们去找找看！

尼喀阿斯　看，那儿来了一个，他正要到市场去，就像有天意呢！

得摩斯忒涅斯　你这个走运的腊肠贩，这儿来，这儿来！最亲爱的，快上来，[30]你正是我们的城邦和我们两人的救星！

腊肠贩自观众右方上。

腊肠贩　什么事？你们为什么叫我？

得摩斯忒涅斯　这儿来，来听听你的运气多么好，福气多么大！

尼喀阿斯　叫他把摊桌放下来，向他解释解释神示里说些什么。我去提防着帕佛拉工。

尼喀阿斯进屋去。

得摩斯忒涅斯　喂，你先把这些家伙放在地下，再向大地和神们拜一拜。

腊肠贩　怎么回事儿？

得摩斯忒涅斯　你这个走运的人，发财的人啊，你今天是无名小卒，明天可就显赫无比！你这个幸福的雅典城的统治者啊！

腊肠贩　好朋友，为什么不让我去洗肠子，卖腊肠，偏偏要开玩笑？

得摩斯忒涅斯　傻瓜，洗什么肠子！朝这儿看！（指着观众）
163 你瞧见那一排排的人吗？

腊肠贩　瞧见了。

得摩斯忒涅斯　你会变成全体人民的主宰，市场、海港和公民大会的主持人；你可以把议院踏在脚底下，把那些将军们“剪掉”；[31]你可以把人们捆起来，囚起来；你还
167 可以在主席厅里玩妓女呢！

腊肠贩　我吗？

得摩斯忒涅斯　就是你；你还没有全看见呢。你且站在这摊桌上，望望周围的岛屿！

腊肠贩站到摊桌上。

腊肠贩　我望见了。

得摩斯忒涅斯　什么？你望见了那些商场和商船吗？

腊肠贩　望见了。

得摩斯忒涅斯　难道你不是一个走运的人？你把右眼斜过去
望望卡里亚，把左眼斜过去望望卡耳刻冬。[32] 174

腊肠贩　我要把脖子歪了，才走运呢！

得摩斯忒涅斯　不但走运，所有这一切还可以由你出卖呢。照神示说，你会变成一个非常伟大的人物。

腊肠贩　你说吧，像我这样一个卖腊肠的，怎能够变成一个
大人物呢？ 179

得摩斯忒涅斯　正因为你是卖腊肠的，你才会变得很伟大：因为你是一个坏蛋、一个冒失鬼、一个从市场里训练出来的。

腊肠贩　我认为我不配掌管大权。

得摩斯忒涅斯　唉，有什么理由说你不配？我看，你的心眼儿太好了。你是从名门望族出身的吗？

腊肠贩　真的不是，是从下流人家出身的。

得摩斯忒涅斯　你这个命运的宠儿啊，你有一种多么好的政
治本钱啊！ 187

腊肠贩　但是，好朋友，除了识字，我并没有受过什么教育，就连识字也糟透了。

得摩斯忒涅斯　识字就碍你的事儿，“糟透了”！因为如今一个有教养的人、一个正人君子不能够成为一个政治家，只有那无知的、卑鄙的人才能够呢。你可不要错过
194 了神们显示给你的机会。

腊肠贩　神示里怎样说的呢？

得摩斯忒涅斯　真的，说得好极了，妙极了！“一旦弯爪子的黑皮鹰衔住了一条蛇、一条吸血的愚蠢的虫，帕佛拉工族的大蒜酸卤就完事了，[33]于是神们就要把伟大的光荣赐给那些卖腊肠的，假如他们肯放弃他们那一行职
201 业的话。”

腊肠贩　这与我有什么相干呢？你指教指教！

得摩斯忒涅斯　黑皮鹰就是指这个帕佛拉工。

腊肠贩　为什么是“弯爪子的”呢？

得摩斯忒涅斯　这是很明白的，他用弯爪子似的手抓着什么
205 就拿走。

腊肠贩　蛇又是指什么呢？

得摩斯忒涅斯　那更是显而易见了，蛇长，腊肠也长；而且

蛇吸血，腊肠也吸血[34]。神示说蛇会战胜黑皮鹰，只要它不叫他的花言巧语欺骗了。 210

腊肠贩　这神示倒很令我喜欢，但不知我怎样才能够统治人民。

得摩斯忒涅斯　最容易不过。就照你现在的做法做去：把一切政事都混在一起，切得细细的，时常要用一些小巧的、烹调得很好的甜言蜜语去哄骗人民，争取他们。凡是一个政客所必具的条件你都具备：粗野的声音、下流的出身和市场的训练；凡是一个政治家所必需的你都不缺少。这神示和得尔福的预言都在协助你呢。[35]快戴上花冠，向愚蠢之神致奠，好对抗那家伙。

腊肠贩　但谁是我的战友呢？因为那些有钱人害怕他，那些穷人更是吓得发抖。 223

得摩斯忒涅斯　一千名勇敢的骑士，[36]他们恨他，会帮助你；还有那些善良的、强健的公民，高明的观众，连我在内；还有神们也会援助你呢。你别害怕，他的面具并不像，因为那些做面具的，由于畏惧，没有一个敢把他做得很像。[37]但是，无论如何，观众会认识他，因为他们的眼光很敏锐呢。 233

尼喀阿斯自屋内急上。

尼喀阿斯 哎呀，糟糕！帕佛拉工出来了！

帕佛拉工自屋内上。

帕佛拉工 十二位神明在上，[38]你们俩非受惩罚不可，因为你们一直在阴谋反叛德谟斯！这只卡尔喀狄刻酒杯是干什么的？你们俩一定在煽动卡尔喀狄刻人叛变！[39]两个大坏蛋，该死，该杀！

腊肠贩向观众右方逃跑。

得摩斯忒涅斯 你这家伙，为什么逃跑？还不停下来？好汉
241 腊肠贩，不要背弃我们！

腊肠贩停下来。

二　进场

得摩斯忒涅斯　骑士们，快来援助呀！现在正是时候！西蒙啊，帕奈提俄斯啊，[40]向右翼进攻！

（向腊肠贩）那些人马很近了，快向他抵抗，向他反攻！看那灰尘，他们可就要到了！快抵抗，快追，快把他打败！ 246

歌队自观众右方进场。

歌队长　快打，快打那坏蛋，他是骑兵队的捣乱鬼，一个收税人，一个无底洞，一个卡律布狄斯强盗，[41]一个坏蛋，一个坏蛋！我要骂许多次，因为这家伙一天要变作许多次坏蛋。快打，快追，扰乱他，骂他，我们也骂他呢，快逼近他，大声地吼！要注意，不要让他逃掉了，

因为，他知道欧克剌忒斯是怎样一直逃到了他的磨坊里
254 去的。[42]

帕佛拉工 （向观众）陪审老人啊，领三个俄玻罗斯的族人
啊，你们是多亏我大声急呼才好歹养活着的，快来救
257 呀，这些叛徒正在打我呢！

歌队长 打得好，因为公款还没有分配，你就侵吞了！你就
像摘取（谐“诈取”）橄榄一样，“捏捏”那些办交代的
官吏，[43]看哪一个是生的、哪一个熟了、哪一个还没
有熟。要是你看见他们里头有一个傻张着嘴的本分人，
你就把他从刻索涅索斯召回来，抓住他，[44]用腿钩住
他，然后扭过他的臂膀来，把他一口吞下去。你并且在
公民里头去寻找哪一个是傻瓜，很有钱、一点不狡猾、
265 遇见麻烦事儿就发抖。

帕佛拉工 你们也一起攻击我吗？骑士们，我挨揍是为了你
们，是为了我想提议在城里立一根石柱来纪念你们的英
268 勇呢。[45]

三　第一场（第一次对驳）

歌队长　好一个骗子，好一根油滑的皮条！你看他巴结我们，诱骗我们，就好像我们是老糊涂一样。如果他往那边溜走，我就那样揍他；如果他往这边逃跑，我就这样踢他。 272

帕佛拉工　城邦啊，人民啊，多么凶的野兽撞了我的肚子！

歌队长　你要嚷吗？你总是这样把城邦闹得天翻地覆！

腊肠贩　但是我来一吼就会把他吓跑！

歌队长　真的，如果你吼得过他，我们就高呼胜利；如果你的脸皮比他还厚，这犒劳的饼子便归我们所有。[46] 277

帕佛拉工　我告发这家伙，我控告他向伯罗奔尼撒人的兵船贩卖——“肉汤”。[47]

腊肠贩　我一定要告发这个空着肚子跑进主席厅，却填得满满的走出来的家伙。

歌队长　真的，他还“贩运”违禁品：面包、肉、咸鱼块，
283 那是伯里克理斯从没有吃过的。

帕佛拉工　你们两个立刻就活不成！

腊肠贩　我吼起来嗓子比你高。

帕佛拉工　我这一喝就会把你喝倒！

腊肠贩　我这一吼就会把你吼倒！

帕佛拉工　你就是一个将军，我也要咒骂你！[48]

290 **腊肠贩**　我要跟打狗似的打你的脊背！

帕佛拉工　我要用欺诈来陷害你！

腊肠贩　我要把你的蹄子砍下来！

帕佛拉工　你看看我，不要眨眼。

腊肠贩　我也是市场里长大的。

帕佛拉工　你再咕哝一声，我就把你撕成一条条的！

腊肠贩　你再叽咕一声，我就给你糊上大粪！

296 **帕佛拉工**　我敢承认是个小偷，你就不敢。

腊肠贩　凭市场里的赫耳墨斯起誓，我也是个小偷，[49]人家看见我偷，我还赌假咒。

帕佛拉工 你这是学别人的乖。我要向主席官告发你，你弄到一些神所有的肠子，并没有向神上税。[50] 302

歌队 （第一曲首节）[51]你这坏蛋、可恶的东西、会吵嚷的家伙，每一个地方、每一次公民大会、税局里、法院里、法庭上都有你这张厚脸皮。你这个搅混水的，你把我们整个城邦都搅乱了；凭你这吼声，把我们的雅典城都震聋了，你在那石头上守望贡款，就像守望金枪鱼一样。[52]（本节完） 313

帕佛拉工 我知道他们老早就在什么地方“缝制”这阴谋。

腊肠贩 如果你不懂得“缝”鞋底，我也不懂得灌腊肠了；你把皮革斜起切，看起来又厚又结实，你把病牛的皮革拿去欺诈乡下人，他们买去穿了还不到一天，那鞋子就比脚掌宽了两倍。

尼喀阿斯 凭宙斯起誓，他对我也干过同样的事情，惹得我的乡邻和朋友们都笑话我，因为还没有回到珀耳伽赛乡，[53]我就像是在鞋子里游泳一样。 321

歌队 （第二曲首节）难道你不是一开始就露出了这张厚脸皮吗？这正是演说客的唯一靠山，你首先依靠它来挤那些外邦侨民的钱财，希波达摩斯的儿子见了就在掉眼

泪。[54]好在有一个比你更坏的人出现了，我真高兴，因为他立刻就会推倒你。论邪恶，论无耻，论诡诈，他
332 显然比你强得多。（本节完）

歌队长 （向腊肠贩）你啊，你所受的教育也正是那些大人物所受的，现在快向我们证明，那种高等教育是怎样一
334 钱不值。

腊肠贩 请听他是什么样的公民！

帕佛拉工 你不让我先说吗？

腊肠贩 我不让，因为我也是个恶棍。

歌队长 如果他不肯让步，你就再说你的祖先也是恶棍。

帕佛拉工 你不让我先说吗？

腊肠贩 我就不让。

帕佛拉工 你非让不可！

腊肠贩 我决不让。我要力争，看谁先说话。

帕佛拉工 那我就要大发雷霆！

腊肠贩 我还是不让你——[55]

歌队长 让他，让他发吧！

帕佛拉工 你仗了什么敢同我对吵？

343 **腊肠贩** 因为我知道怎样说话，怎样做“酸辣汤”。[56]

帕佛拉工 你倒会说话！你遇见了什么事情，倒是会应付，生吞活剥地干。但是你知道你所处的情形吗？就像大多数的情形一样，你在对付一个外邦侨民的小讼案里，倒是很会辩。你夜里叽里咕噜，在路上自言自语，喝喝水，[57]摆摆架势，使得你的朋友们烦死了，你还自夸你善于演说呢。真是个大傻瓜！

腊肠贩 你到底喝了什么，竟能够使这城邦哑口无言，只你一个人就把它弄成了哑巴？

帕佛拉工 你拿什么人来比我？我刚一吞下热腾腾的金枪鱼，喝下一大盅纯酒，就要用下流话来责骂那些驻在皮罗斯的将军们。

腊肠贩 我吞下牛肚、猪肠，喝下汤汁，还来不及洗手，就要大声压倒那些演说家，把尼咯阿斯也吓坏了。

歌队长 你所说的这一切都令我喜欢，只不过有一件事情我不乐意，那就是你独个儿把汤汁喝光了。

帕佛拉工 你就是吞了鲈鱼，也不能叫弥勒托斯人惊慌失措。[58]

腊肠贩 等我吃了牛排骨，我就要去收买矿山。[59]

帕佛拉工 我却要跳进议院里去乱搅一阵。

腊肠贩　我要把你的屁眼当肠子来“灌”。

帕佛拉工　我要叫你屁股朝上头朝下，把你推出门外去。

366 **歌队长**　海神在上，你要是推了他，你就会来推我。

帕佛拉工　我要把你枷起来。

腊肠贩　我要告你胆子小，逃避兵役。

帕佛拉工　我要把你的皮绷起来。

腊肠贩　我要把你的皮剥下来给小偷做口袋。

帕佛拉工　我要把你钉在地上。

腊肠贩　我要把你切成碎块。

帕佛拉工　我要拔掉你的睫毛。

374 **腊肠贩**　我要割掉你的嗉囊。

两人扭打起来，腊肠贩抱住了帕佛拉工的头。

得摩斯忒涅斯　放一根小木柱在他的嘴里，把他的舌头拉出来，趁他张着“屁眼儿”，仔细地、勇敢地，像屠户那
381 样检查他长了小脓疱没有。[60]

歌队（第一曲次节）有一些东西比火还要热烈，有一些话比这个城邦统治者的无耻的话还要无耻。[61]（向腊肠贩）你干的这事情并不容易。快攻击他，快转动，不要再做
388 可鄙的动作，[62]你现在已经抱住了他的腰。（本节完）

歌队长　如果你这次进攻把他鞣得软软的，你就会发现他是个懦夫；我知道他的性格呢。 390

腊肠贩　他一辈子就是这样的东西，只不过他近来收获了别人的庄稼，就好像变成了一个“好汉”。他现在把他从那儿带回来的“麦穗”锁在木枷里，把它们弄得干瘪瘪的，想要留下来出卖。[63] 396

帕佛拉工　只要议院存在，德谟斯坐在那儿脸上发呆，我就不怕你们。

歌队　（第二曲次节）他无耻极了！他的脸色还是和先前一样，没有改变。（向帕佛拉工）我若是不恨你，就把我变作克剌提诺斯家里的羊皮垫，或者叫人家训练来唱摩耳西摩斯悲剧里面的合唱歌。[64]你啊，不管什么时候，遇着什么机会，都要停留在贿赂的金花里，但愿你把那一口，正如你吸取时候一样，很容易就吐出来；[65]那我就要唱：“为这件好事而干杯，干杯！”[66]（本节完） 406

歌队长　我想伊乌利俄斯之子，那个向麦饼送秋波的老头儿，也会快乐地高呼胜利、唱酒神歌。[67] 408

帕佛拉工　凭海神起誓，论厚颜无耻，你胜不过我；要不然，我就不配参加市场之神宙斯的祭筵。[68]

腊肠贩　凭那些自童年时起就打过我的拳骨起誓，凭那些拍过我的屠刀起誓，我想我可以在这方面胜过你；要不然，就算我白吃了那些揩手的面包瓤子长这么大。[69]

帕佛拉工　像狗那样吃面包瓤子！你这个大坏蛋，你吃了狗吃的东西，还敢同一个狗脸猴争斗？

腊肠贩　真的，我小时候很有一些鬼把戏，我时常欺骗厨师们，我这样说："看啊，伙计们，你们没有看见吗？春天到了，一只燕子在飞！"他们抬头一望，我就偷了这么大一块肉。

歌队长　真是块最机灵的"肉"！你预先就打下了这个聪明的主意：你就像吃荨麻的人一样，趁燕子还没有来时就偷。[70]

腊肠贩　我干这事情，很难叫人发觉；万一有人发觉了，我就把肉藏在两腿中间，当着天神发誓来否认，因此有一个政客看见了，他就嚷道："这孩子日后一定会统治人民。"

歌队长　他推断得很正确，不过他所根据的事实是摆得清清楚楚的，因为你偷了过后赌假咒，你的屁眼里却藏得有肉呢。

帕佛拉工　我要制止你这样傲慢无礼，我要制止你们两个。我要向着你冲来，像大风暴吹来，把陆地和海洋搅得一团糟。

腊肠贩　我却要把这些腊肠皮卷起来，随着和风下的波浪漂浮，气得你大哭大叫。 433

得摩斯忒涅斯　万一船漏了，我就看管舱里的水。

帕佛拉工　凭地母起誓，你偷了雅典人许多个金元宝，[71]不能不受惩罚！

歌队长　当心呀，快把帆脚索放松点！这东北风，告密风吹来了！[72]

帕佛拉工　我明知道你还接受了波提代亚人十个金元宝。[73]

腊肠贩　那又怎么样？你愿不愿意分一个，不要嚷出来？ 440

歌队长　这家伙自然乐意接受。快把帆脚索放松点！

腊肠贩　风已经小了。

帕佛拉工　〔为了受贿〕你要受四次审判，每次赔一百个金元宝。[74]

腊肠贩　为了逃避兵役，你要受二十年审判，为了盗窃，你要受一千次以上的审判。

帕佛拉工　我宣布你的祖先犯了亵渎女神的罪。[75]

446 **腊肠贩** 我宣布你的祖父是一个保镖的。

帕佛拉工 谁的？你说得出来！

腊肠贩 希庇阿斯的妈妈“皮”西涅的。[76]

帕佛拉工 你是一个不要脸的东西！

腊肠贩 你是一个坏蛋！

歌队长 鼓起勇气揍他！

全体揍帕佛拉工。

帕佛拉工 哎哟，哎哟！这些叛徒打我啦！

歌队长 鼓起最大的勇气揍他，用这些小肠和大肠鞭打他的
456 肚子，这样惩罚他！

你这块最高贵的肉啊，你这颗最勇敢的心啊，你是城邦和我们这些公民的救星！你多么巧妙地在这场辩论里胜过了那家伙！我们对你的称赞怎样也比不上我们的
460 喜悦。

帕佛拉工 凭地母起誓，我并不是没有注意到这些阴谋的制造，我知道这一切是怎样钉上的，怎样黏上的。

歌队长 （向腊肠贩）哎呀，你能够说出一点造车人的行话吗？

腊肠贩 他在阿耳戈斯干的勾当逃不了我的注意，他原说去

争取阿耳戈斯人和我们做朋友，却在那儿私自和斯巴达人开谈判。我知道他这鬼把戏是为了什么，原来是为了那些俘虏而铸造的。[77] 469

歌队长 妙呀妙，你用“铸造”来回敬他的“黏上”。

腊肠贩 那边来的人也在帮着你锻炼。你就是用金钱来收买我，或者打发朋友来说合，也不能诱劝我不把事情向雅典人宣布。 474

帕佛拉工 我马上就到议院去告发你们这一伙人的阴谋，说你们在城里开夜会，同墨狄亚人和波斯国王做种种勾结，在玻俄提亚干“压酪饼”的勾当。[78] 480

腊肠贩 玻俄提亚的干酪卖什么价钱？[79]

帕佛拉工 凭赫剌克勒斯起誓，[80]我要把你绷得平平的！

帕佛拉工自观众右方下。

歌队长 喂，你打算怎么办？你现在可以显一显你的身手，如果你真的把肉藏在两腿中间，就像你刚才所说的一样。你赶快跑到议院去，因为那家伙会冲进去大吼大叫，诬告我们全体的人。 487

腊肠贩 我这就去，可是我得先把这些腊肠和刀子放在这儿。

得摩斯忒涅斯 且慢，把这个抹在颈脖子上，才好从他的诬

491 告里滑了出来。[81]

歌队长给腊肠贩一个油瓶。

腊肠贩 说得妙，你倒像一个教师爷。

得摩斯忒涅斯 再等一等，把这个拿去吞了。

腊肠贩 为什么？

得摩斯忒涅斯 好朋友，你吞了大蒜，斗起来更有劲儿。[82]现在快快去！

歌队长给腊肠贩一个大蒜。

腊肠贩 我这就走了。

得摩斯忒涅斯 别忘记咬他，诬告他，把他的鸡冠啄来吃了！等你把他下巴底下吊着的肉啄个精光，你就胜利
497 回来。

腊肠贩自观众右方下。得摩斯忒涅斯和尼喀阿斯进屋去。

四　第一插曲

甲　短语

歌队长　一路顺风！但愿你成功，合我的心愿！但愿市场之神宙斯保佑你！等你胜利了，你就戴上花冠，从那儿凯旋，回到我们这里来。你们这些追求文艺女神的观众啊，用心听我的诗。[83] 506

乙　插曲正文

歌队长　如果有一位旧派的喜剧导演强迫我们上前来，向观众背诵他的戏词，那可不容易办得到。但是今天我们这位诗人却有资格这样做，因为我们所痛恨的也就是他所痛恨的，因为他有勇气道破真相，还因为他敢于抵抗大旋风、大风暴。他说你们有许多人觉得奇怪，跑去问他，为什么从来不用自己的名义来演出。[84]关于这问题，他叫我们向你们这样解释。他说并不是他在盲目的拖延，[85]而是他认为喜剧导演很不好办。多少诗人向文艺女神献过殷勤，可是她总是翻白眼。此外，还因为他早就明白你们的性情年年在转变，那些长辈诗人一上了年纪就叫你们抛弃了。比方说，首先，他看见马格涅斯头发一变白，人就倒了霉，这位喜剧诗人曾经多少次胜过了对方的歌队，获得了胜利的奖赏，他曾经为你们奏过各样的音乐：弹过竖琴，拍过鸟翅膀，还演过吕狄亚人，扮过没食子蜂，涂上青颜色变一只蛙，这些都是白搭；[86]到后来，上了年纪，年轻时候的新鲜劲儿没有了，人一老就叫你们轰下场来，只因为他不善于讲笑话了。其次呢，他想起了克剌提诺斯，这位喜剧诗人曾经在不绝的掌声中流过平原，把橡树、阔叶树和他的敌手们连根拔起来，从两岸冲走。我们在宴会里就只唱他的《穿无花果木板鞋的女神》和《写美妙的合唱歌的诗人》，[87]可见他的声名多么响亮！但如今你们看见他老糊涂了，他的琴栓掉了，琴弦断了，琴身裂了，你们一点也不可怜他。他老了，就像孔那斯那样漂泊着，他的花冠凋谢了，他就要枯萎而死；[88]本来，凭了他先前的胜利，他应该在主席厅里喝喝酒，应该抹上香膏，坐在酒神的石像旁边看看戏，[89]不应该独个儿发呆。我们的诗人还想起了克剌忒斯受过你们多少气，挨过你们多少骂。[90]自然啊，他只能用他那大声的嘴吐出一些漂亮的意见，给你们一点点不值钱的早点，就把你们送走；然而，他能够坚持到底，跌下去又爬起来。为此，我们的诗人心里很害怕，一直在拖延；此外，他常说一个水手应当先划划桨，然后去掌舵，应当先到船头看看风势，然后去驾驶。[91]为了这一切，为了我们的诗人小心翼翼，不敢孟浪冲进来胡说八道，你们就为他放出一阵阵赞美的潮音，高举起十一把桨发出——[92] 546

丙　快调

歌队长　勒奈亚节的欢呼！[93]让你们的诗人称心如意庆成
550 功，高高兴兴退出场，满额红光。[94]

丁　短歌首节

歌队　骑士之神波塞冬啊，你多么喜欢听马儿嘶鸣，铜蹄儿
踢踏作响；[95]你多么喜欢看三层桨的快船、青色的船
头，船上载着雇佣兵；你多么喜欢看年轻人竞赛，在车
上出风头，闯下祸事；克洛诺斯之子，手执金叉的神，
海豚的保护者，苏尼翁和革赖斯托斯海角上的神明，请
你来领导我们这歌队，你是福耳弥俄所崇敬的，目前
564 啊，你比起别的神们更受雅典人崇敬。[96]

戊　后言首段

歌队长　我们要赞美我们的祖先，他们是英雄，无愧于祖

国，无愧于雅典娜的绣花袍，[97]他们在陆上和海上的战役里处处胜利，为城邦增光。他们看见了敌人，从不估计他们的数目，马上就想进攻；万一有人在战斗中全身倒在地下，他连忙把尘土拍干净，否认他跌倒过，又去摔跤。从前的将军们没有一位央求过克勒埃涅托斯，要吃公餐；[98]如今啊，这些家伙得不到剧场里的前排座位，吃不到公餐，他们就说不愿意打仗。我们却认为应该英勇地保卫城邦，保卫我们的神。我们并没有什么要求，就只是这么一点：如果和平降临，免去了我们的辛苦，请不要忌妒我们蓄长发，把身体洗刮得干干净净。[99]

己　短歌次节

歌队　保护神雅典娜，你统治着这最神圣、最强大、最富有战士和诗人的城邦，请你带着胜利女神降临，她是我们出征和作战时的助手，是歌队的伴侣，帮忙过我们对付我们的敌手。

现在啊，请你来临，今日里一定要把胜利赐给我们这些骑士们！

庚　后言次段

歌队长　我们还要赞美我们的战马立下的功劳，那是我们亲眼见过的，最值得称赞！它们曾经协助我们做过多少事情：一同进袭，一同作战。在陆地上我们对它们倒不十分称赞，可是等到它们有的买了酒杯，有的买了大蒜和葱头，勇敢的跳进了运输船里，那时才值得称赞呢！[100]它们就像我们这些人一样，捏着桨柄拚命划，口里直嚷："得儿！[101]划呀！嘿唷！你们在干什么？你这匹印得有介字形花纹的家伙，[102]你不划呀？"到后来，它们跳上了科林斯海岸。那些马齿最少的用蹄子挖好了床位，再去取被窝。它们吃的并不是波斯苜蓿，[103]而是螃蟹，只要那东西爬了出来；它们甚至到海里去寻找，惹得一只螃蟹哼着说：——忒俄洛斯告诉我们的——[104]"海神呀，命运太残忍了，水陆深处都不能使我逃避这些骑士！"

五　第二场

腊肠贩自观众右方上。

歌队长　最亲爱的朋友，最勇敢的人，自从你走后，我们真替你担忧！好在你现在平安回来了，你且把这一场争斗的经过告诉我们。

腊肠贩　当然啊，我把议院打败了！ 615

歌队　（首节）现在我们大家欢呼吧！你的话漂亮，你的行为更漂亮！你且把详细情形明白讲来。就是要走很远的路，我也要赶来听听。好朋友，你就鼓起勇气讲吧，我们大家都喜欢你呢。（首节完） 623

腊肠贩　这件事值得一听。我从这儿一直追去，他正在议院里大发怪论，吐出一些轰隆轰隆的话来攻击骑士们，他更把诽谤的悬崖劈了下来，称呼你们作叛徒，而且很令人相信。整个议院听了，叫他用谎话的野草塞得满满的，那些议员都把脸沉了下来，直皱眉头。我看见他们听信他的话，上了他的欺骗的当，我就祈祷："浪荡神、欺诈神、愚蠢神、鬼把戏神、厚脸皮神，还有你，儿时教养我的市场，请你们前来，把鲁莽态度、油滑口舌、不害臊的声音统统赐给我！"我正在纳闷，一个好色鬼在我右手边放了个屁。[105]我伏在地下行了礼，然后屁股一撞就破了栏杆，张大了嘴巴嚷道："诸位议事官，我带来了好消息，向你们首先报喜：自从战争爆发以来，[106]我从没有见过鳁鱼这样贱！"他们的脸色立刻就和悦了，为了这好消息，给我戴上花冠。我还告诉他们保守秘密，赶快去把陶匠的盘子收买来，一个俄玻罗斯就可以买一大堆鳁鱼。因此他们热烈的鼓掌，张着嘴巴望着我。但是帕佛拉工猜中了，他知道他们最喜欢听什么话，他就建议说："议员们，我提议为了刚才报告的好消息，向雅典娜女神献一百头牛。"[107]这样一来，议院又偏向他那一方去了。我看见他用牛屎把我打败了，我就用两百头牛来压倒他。我还提议向女猎神许愿，明天就杀一千只母羊，如果一个俄玻罗斯买得到一百条鳁鱼的话。[108]议员们这才向我转过头来。那家伙听了大吃一惊，嘴里还在叽里咕噜，就叫主席官和弓手们拖走了。[109]议员们都站起来谈论鳁鱼的事，他还在要求他们等一下，听听斯巴达使者的传报。据他说那人是来议和的。大家异口同声地嚷道：“这时候谈什么和平？朋友，是不是他们听说雅典的鳁鱼这样贱？我们并不需要议和，还是打下去吧！”[110]他们吵吵嚷嚷，叫主席官宣布散会。于是他们四方八面跳过了栏杆。我趁早溜了出来，把市场里所有的韭菜和香荽菜收买下来，他们正需要时，我就把这些菜白送给他们做烹调鳁鱼的香料，这样讨他们的喜欢。大家过分地称赞我，热烈地向我欢呼。我用一个俄玻罗斯的香荽叶把议院拉拢过来后就回来啦。 682

歌队 （次节）你就像命运的宠儿，处处顺利。我们的流氓碰上了对手，这对手有的是更大的流氓劲儿、更多的诡计、更狡猾的言语。可是你还得当心，下一次斗起来要
尽最大的力量。你知道我们早就是你的忠实的战友。（次 690
节完）

腊肠贩　看啦，帕佛拉工来了，他推着一层大浪，乱翻乱搅，就像要把我吞下去。哼，他这一点胆量算什么！

帕佛拉工自观众右方急上。

帕佛拉工　如果我还有一点欺诈的本领，毁不了你，我这条老命也就不要了。

腊肠贩　我喜欢你这样威胁，听你打空雷真可笑！我要跳水手舞，学鹁鸪叫。[111]

帕佛拉工　凭地母起誓，不把你当场吃了，就该我死。

腊肠贩　万一你吃不了呢？不喝了你的血，不胀破肚皮吞了你，就该我死。

帕佛拉工　凭我在皮罗斯立功挣得来的前排座位起誓，我要毁了你。

腊肠贩　什么前排座位！我倒要看你坐了前排座位，再坐在那最后排的座位上。

帕佛拉工　当着天起誓，我要把你枷起来。

腊肠贩　好大的火气！喂，我给你点什么吃？你最爱吃什么？钱袋吗？

帕佛拉工　我要用指甲把你的肠子抠出来。

腊肠贩　我要把你在主席厅里吃的东西扒掉。

帕佛拉工　我要把你拖去见德谟斯，他会惩治你。

腊肠贩　我也要把你拖去，我诬告起来比你厉害。

帕佛拉工　可是，傻瓜，他一点也不会相信你的，我倒可以随便捉弄他。

腊肠贩　你把德谟斯完全当作你一个人的。

帕佛拉工　因为我知道他喜欢吃什么东西。

腊肠贩　你就像奶妈一样不好好地喂他。你嚼一嚼，只吐一口到他的嘴里，你自己却吞下了三大口。

帕佛拉工　真的，凭了这巧妙的手腕，我可以使德谟斯变大变小。

腊肠贩　我的屁眼也有这样灵巧。

帕佛拉工　老兄，你别想还像在议院里那样侮辱我。我们到德谟斯跟前去吧！

腊肠贩　没有什么为难。喂，走吧，没有什么不方便。

二人敲德谟斯的门。

帕佛拉工　德谟斯，请出来！

腊肠贩　看宙斯面上，我的爸爸，请出来！

帕佛拉工　最亲爱的小德谟斯，快出来看看我受了什么样的侮辱啊！

德谟斯自屋内上，得摩斯忒涅斯随上。

德谟斯 谁在叫唤？还不快离开我的大门？你们把我庆祝丰收的花圈都扯烂了！[112]呵，帕佛拉工，谁伤害了你？

帕佛拉工 我为了你的缘故，叫这家伙和那些小伙子揍了一顿。

德谟斯 为什么？

帕佛拉工 德谟斯啊，只因为我喜欢你，爱你。

德谟斯 （向腊肠贩）你到底是什么东西？

腊肠贩 我是跟他争恩宠的。我老早就爱你，想服侍你，还有许多善良的人也是这样，可是这家伙偏不让我们。你就像讲爱情的年轻人一样，不肯结交良朋好友，偏偏喜欢灯盏商[113]、补鞋匠、靴匠和皮贩子。

帕佛拉工 因为我对德谟斯很忠实。

腊肠贩 你说说，你干了些什么？

帕佛拉工 干了些什么？我代替那个将军，航行到皮罗斯去，从那儿把斯巴达人俘虏了来。

腊肠贩 我只是蹓来蹓去，从一家作坊里把人家炖着东西的沙锅偷了来。

帕佛拉工 德谟斯，快召集公民大会，看谁更爱你，就决定同谁要好。

腊肠贩　是呀，是呀，你就决定吧，只是不要到普倪克斯去。

德谟斯　我不能坐在别的地方。前进，到普倪克斯去！ 749

德谟斯坐在石凳上。[114]

腊肠贩　哎呀，我完了！老头儿在家里最精明不过，可是等他坐在这石头上，他就傻张着嘴，像接干无花果的孩子一样。[115] 755

六 第三场（第二次对驳）

歌队 （首节）（向腊肠贩）现在把每一根帆脚索拉紧，抖起勇猛的精神，说出一些不容置辩的话来击败他。那家伙很狡猾，迫到山穷水尽都有办法。你得要向着他猛冲。（首节完）

歌队长 要当心，趁他还没有进攻，你就把铅海豚挂在帆桁
760 上，[116]把船身横撞过去。

帕佛拉工 我祈求雅典娜女神，城邦的保护神，如果除了吕西克勒斯、铿娜和萨拉巴克科而外，[117]要数我是雅典人民最忠实的朋友，就该让我现在在主席厅里白吃白喝。（向德谟斯）但是如果我恨你，不挺身出来捍卫你，你
768 可以把我杀掉，锯成两段，切成皮条来作轭下的套子。

腊肠贩　德谟斯啊，如果我不爱你，不敬重你，你可以把我切成碎肉煮来吃；若是你还不相信我的话，你可以在这个摊桌上把我的肉刮下来，掺一点干酪制成杂烩，再用铁钩钩住这肾囊，把我的尸骨拖到坟场上去。[118]

帕佛拉工　德谟斯啊，哪里有一个公民比我更爱你？首先一层，我替你管家时候，曾经收集了多少钱财放进你的宝库里。有一些人我逼着要，有一些人我掐着脖子敲，还有一些我就向他们讨，只要能够讨你喜欢，我可不顾别人的私议。 776

腊肠贩　德谟斯，这没有什么了不起，我也可以替你办到：只要把别人的面包抢来献给你就是了。且让我首先提醒你：这家伙并不爱你，他对你不怀好意，只不过想烤你的炭火罢了。你曾经为希腊在马拉松同波斯人拚过命，[119]你的胜利我们大为称赞，可是你这样硬硬地坐在这石头上，他一点不管，也不像我这样缝一块垫子带给你。请起来，然后软软地坐在这上面，免得擦伤了你这两块在萨拉密斯打过仗的屁股。[120] 785

腊肠贩给德谟斯铺上一块垫子。

德谟斯　你是谁呀？是不是哈摩狄俄斯儿孙的孙儿？[121]你

的行为很高贵，你这人真够朋友！

帕佛拉工 你想利用一点小小的殷勤来讨好他！

789 **腊肠贩** 你也曾经利用一点更小的饵物来钓住他。

帕佛拉工 我愿意拿脑袋来打赌，普天下没有人比我更卖力气保卫你，比我更爱德谟斯。

腊肠贩 你多么爱他啊！眼看他八年来住在酒瓮中、墙缝里、角楼上，[122]你不但不可怜他，反而把他关起来，取他的蜜。正当阿刻托勒摩斯把和议带来的时候，你却把它撕毁了，你还踢过那些前来乞和的使节的屁股，把他们赶出城外去。

帕佛拉工 那样一来，德谟斯才好统治全希腊。照神示所说，只要他坚持下去，他就可以在阿耳卡狄亚做陪审员，[123]每一庭五个俄玻罗斯。无论如何我都要养活他、照料
800 他，我好歹弄一些钱来，使他每天得到三个俄玻罗斯。

腊肠贩 真的，你哪里想叫德谟斯统治阿耳卡狄亚，只不过想大抓一把，接受盟邦的贿赂；在战争和乌烟瘴气之中，德谟斯看不清你的鬼把戏，[124]穷困、急需和津贴使得他傻张着嘴望着你。一旦他回到乡下去过和平生活，喝着麦皮粥恢复了力气，同他的橄榄渣饼子谈起心

来，[125]他就会明白你这样一津贴他，反而剥夺了他的幸福，他就会凶猛地、气愤地冲到你面前，弄一张票来反对你。你心里明白，只好欺骗他，用一些有关你自己的梦话来迷惑他。[126] 809

帕佛拉工　你当着雅典人和德谟斯这样说我、诬告我，你不觉得羞耻吗？凭地母起誓，我对这城邦比忒弥斯托克勒斯还有贡献呢。

腊肠贩　“阿耳戈斯城啊”，“请听他说的话”！[127]你敢和忒弥斯托克勒斯相比吗？他发现我们的城邦有一点儿不够满，便把她装得满满的，他还捏制了一块“珀赖欧斯”给她做早点，[128]那原来的菜肴他不但不减少，反而给她添上了一盘新鲜的鱼儿。你却要把雅典城变得很窄小，筑垣墙把我们隔离起来，[129]说出一些神示来欺骗我们，你还好意思和忒弥斯托克勒斯相比呢！他被驱逐出境，你却在用最好的面包瓤子来揩手！[130] 819

帕佛拉工　德谟斯啊，只因为我爱你，就得听这家伙骂我，这不是可怕吗？

德谟斯　住嘴，住嘴，你这家伙！快不要吵吵嚷嚷！你欺骗了我好久了，我一直都不知道。 822

腊肠贩　亲爱的德谟斯，他最卑鄙不过，干过许多坏事情，
每当你傻张着嘴的时候，他就把查账的“油水”挤出来
827 喝掉了，他还双手舀过公款呢。

帕佛拉工　你别高兴，我要判你侵吞了三万块钱。

腊肠贩　你为什么大惊小怪，唾味飞溅？雅典人恨死你了！
凭地母起誓，如果我不证明你接受过密提勒涅人四千多
块钱，就该我死。[131]

歌队　（次节）（向腊肠贩）“全人类最大的救星啊”，[132]我
羡慕你善于说话。这样攻击他，你就会变作全希腊最
伟大的人物，就会独揽城邦的大权，统治我们的盟邦，
840 你手里拿着三叉乱舞乱搅，可以取得千万两黄金。（次
节完）

歌队长　你已经抓住了这家伙，可不要让他滑掉了，你的胸
膛劲儿大，很容易就可以结果了他。[133]

帕佛拉工　凭海神起誓，好朋友，事情还没有到这个地步！
我曾经做过一件光荣的事业，只要我从皮罗斯夺获的
盾牌还剩下一块，[134]就可以使得我所有的仇人哑口
846 无言。

腊肠贩　打住，就说到这些盾牌为止，因为我已经抓住了

你。如果你真爱德谟斯，你就不该故意连上面的把手一起悬挂起来。[135]德谟斯啊，这是一种诡计，使得你要想惩罚他也无法下手。你看他有一队年轻的皮贩子，还有卖蜂蜜的、卖干酪的也住在他们的周围，这些人结成了联盟。如果你发脾气，望一望“贝壳”[136]，他们就会半夜里把盾牌取下来，跑去占据我们的大麦进口要道。[137] 857

德谟斯 哎呀！那些把手果真在上面吗？坏蛋，你欺瞒了我这么久，这样骗德谟斯的头（谐“斗”）！[138]

帕佛拉工 老爷子，不要上说话人的当，不要梦想你可以找到一个比我更忠实的朋友！我曾经独自一个人把那些叛徒镇压下来，这城里的阴谋逃不过我，我立刻就要大声的把它宣布出来。 863

腊肠贩 你就像捉鳝鱼的人，湖水澄清，一根捉不到；但是如果把泥沙乱搅一阵，就捉得到很多：你把城邦搅乱了，也正好给你摸“鱼”。你且回答我：你出卖过这么多皮货，既然说你爱德谟斯，你送过一双你的皮底子给他作鞋子没有？

德谟斯 凭阿波罗起誓，他从来没有送过。

腊肠贩　你看出了他是什么样的人吗？我却买了这一双鞋来
872 送给你穿。

德谟斯穿上鞋子。

德谟斯　我断定你是我所认识的对德谟斯最忠实的朋友，你
对城邦和我的脚趾头都是一片好心肠。

帕佛拉工　一双鞋子就有这么大的力量，使得你不念及我给
你的好处，这不是可耻吗？我曾经把格律托斯的名字从
877 公民册上勾销，[139]消灭了搞男色的罪行。

腊肠贩　你自己爱好那事物而消灭了搞男色的人，这不是可
耻吗？一定是由于忌妒的心理你才消灭他们，害怕他们
因此变作了演说家。[140]你看见德谟斯这样大的年纪没
有袍子穿，从来没有在冬天给他一件双袖长袍。（向德
谟斯）我给你这一件。

腊肠贩给德谟斯一件长袍。

德谟斯　就是忒弥斯托克勒斯也没有想到这一点！他的珀
赖欧斯计划倒也高明，但是我认为并不比这件长袍好
886 多少。

帕佛拉工　（向腊肠贩）唉，你这猴儿要把戏，烦死人！

腊肠贩　我不过是借用你的鬼办法，就像一个喝醉了的客人

想要解手儿，穿了别人的鞋子。[141]

帕佛拉工 拍马屁，你拍不过我。我要把这件衣服披在他身上。坏蛋，你上吊去吧！

帕佛拉工给德谟斯披上皮衣。

德谟斯 呸！还不滚去喂乌鸦？这皮味儿臭得厉害！

德谟斯把皮衣服扔在地下。

腊肠贩 他故意给你披上，闷死你。他先前就谋害过你。你还记得大茴香那样贱吗？

德谟斯 当然记得。

腊肠贩 他故意使它那样贱，[142]让你们买来吃，叫陪审员在法院里放起屁来大家闷死。

德谟斯 真是的，一个“粪城”的人也这样告诉过我。[143]

腊肠贩 那时候你们放起屁来不是脸都红了吗？

德谟斯 凭宙斯起誓，是那个红毛奴隶的诡计！

帕佛拉工 （向腊肠贩）坏蛋，你讲了一些下流的笑话来气我！

腊肠贩 因为女神叫我用欺诈的手段来战胜你。

帕佛拉工 你战胜不了我。德谟斯，我答应白给你一碗“津贴”喝，什么事情也不叫你做。[144]

腊肠贩 我给你一瓶药膏，抹在你的腿疮上。

腊肠贩送一瓶药膏给德谟斯。

帕佛拉工 我要把你的白头发拔掉，使你返老还童。

腊肠贩 这儿，请接受这一条兔子尾巴，揩揩你的眼屎。

腊肠贩给德谟斯一条兔子尾巴。

帕佛拉工 德谟斯，你擤了鼻涕，就在我头上揩揩手指头。

911 **腊肠贩** 在我头上，在我头上！

德谟斯把鼻涕揩在腊肠贩头上。

帕佛拉工 （向腊肠贩）我要叫你供应一只三层桨战船，破费你的钱财。我给你一只旧船，你得时常破费，时常修
918 理；我还要千方百计给你一张腐烂了的帆篷。[145]

歌队长 这家伙嘴里乱翻泡，快不要，快不要沸腾！[146]我们得要釜底抽薪，用这把杓子把里面的“威吓”舀掉一些。

帕佛拉工 我要重重地惩罚你，把你压在税金底下！我要想
926 法子把你的名字登记在富人册上。

腊肠贩 我一点也不威吓你，只希望你倒霉得这般模样：一平锅乌贼鱼正搁在灶上嗞嗞响，你却要去替弥勒托斯人辩护，[147]——事情成功可以获得一个金元宝的财

喜，——你赴公民大会以前，匆匆忙忙把乌贼鱼塞进嘴里，还没有吞下去，就会有人来召唤你，你急于要得到那个金元宝，就把鱼吞下去，闭气而死。

歌队长　宙斯啊，阿波罗啊，地母啊，那才妙呢！ 941

七　第四场

德谟斯　从各方面看来，他分明是个好公民，许久以来都没有一个对群众——一个俄玻罗斯一大群的群众[148]——这样好的人。至于你，帕佛拉工，你嘴里说爱我，却尽喂我大蒜吃。[149]现在，把戒指退给我，你再也不是我的管家了。

帕佛拉工　拿去吧，可是你要知道，你开除了我，一定会碰上一个比我更坏的管家。

德谟斯　这戒指不可能是我的，这花纹好像不对，难道是我没有看清楚？

腊肠贩　让我看看。你的是什么花纹？

德谟斯　一片无花果树叶，裹着牛“油”，[150]烤得好好的。

腊肠贩　这里面的不对。

德谟斯　不是无花果树叶，又是什么？

腊肠贩　一只水老鸹张着嘴在石头上演说。[151]

德谟斯　呸！

腊肠贩　怎么回事儿？

德谟斯　扔掉它！他戴的是克勒俄倪摩斯的戒指，[152]不是我的。你从我手里接受这个戒指，给我当管家。

德谟斯把戒指交给腊肠贩。

帕佛拉工　老爷子，我求你不忙决定，听听我的神示再说。

腊肠贩　也听听我的。

帕佛拉工　你要是听信他的，就会变作一个酒囊！[153]

腊肠贩　你要是听信他的，你的包皮就会叫他完全割掉！

帕佛拉工　我的神示说你会戴上玫瑰花冠统治全世界。

腊肠贩　我的神示却说你会穿上紫色绣花袍，戴上王冠，坐上金车，去控告斯弥枯忒斯和她的丈夫。[154]

德谟斯　（向腊肠贩）去把神示拿来，我要听听。

腊肠贩　噢。

德谟斯　（向帕佛拉工）你也去拿来。

帕佛拉工　好吧。

帕佛拉工进屋去。

972 **腊肠贩** 凭宙斯起誓，好吧，没有什么不方便。

腊肠贩自观众右方下。

八 第一合唱歌

歌队 （首节）只要克勒翁哪一天倒下去，哪一天的时光对于全体在场人和那些正要前来的人说来，便是最甜蜜不过。[155]可是我刚才听见一些非常顽固的老头子在案件样品所里议论，说是克勒翁不掌管城邦的大权，我们就会少掉两件有用的器具：一根杵、一把杓子。[156] 984

（次节）他对于猪的音乐倒很有修养，不能不令我惊叹，他的同学少年说他弹起琴来只喜欢“多利斯”调子，[157]再也不想学别的；他的琴师很生气，下令赶他走，说是除了“多利斯”调而外，这孩子什么音乐也学不会。 996

九　第五场

帕佛拉工拿着一大包纸自屋内上。

帕佛拉工　这一包，你看看！我还没有完全拿来呢。

腊肠贩抱着一大捆纸自观众右方上。

腊肠贩　哎呀，压得我尿都快流出来了！我还没有完全拿来呢。

德谟斯　这是什么？

帕佛拉工　神示。

德谟斯　全都是吗？

帕佛拉工　你觉得奇怪吗？凭宙斯起誓，我还有满满一箱子呢。

腊肠贩　我还有满满一顶楼，满满两套房呢。

德谟斯 让我看看。这些神示到底是谁发出的？

帕佛拉工 我的是巴喀斯发出的。

德谟斯 （向腊肠贩）你的呢？

腊肠贩 我的是巴喀斯的哥哥格拉尼斯发出的。[158]

德谟斯 （向帕佛拉工）你的神示说些什么呢？

帕佛拉工 说起雅典、皮罗斯，说起你和我，说起一切事情。

德谟斯 （向腊肠贩）你的又说些什么呢？

腊肠贩 说起雅典和豆羹，说起斯巴达和鲜鲭鱼，说起市场里克扣分量的过斗人，说起你和我。他气得要咬鸟了！

德谟斯 （向帕佛拉工）那你就念给我听，特别念那道关于我本人的、我最喜欢的，那上面说我会化作一只鹰，在云里飞翔。

帕佛拉工 请用心听！“厄瑞克透斯的儿孙啊[159]，注意这神示的意义，这是阿波罗从他庙里通过他的宝座发出来的。[160]他吩咐你保护那长着锯齿的圣犬，它会为你汪汪叫，为你狂吠，给你弄到津贴；弄不到，就活不成，因为有许多乌鸦恨它，向着它哇哇叫呢。”

德谟斯 我真不明白这是什么意思。厄瑞克透斯和狗、和乌鸦有什么相干？

帕佛拉工　我就是那条狗，我为你而叫吠。阿波罗叫你保护我，保护这条狗。

腊肠贩　神示并不是这个意思。这条狗咬了神示，就像它咬
1028 了你的门板一样。关于这条狗，我却有一道正确的神示。

德谟斯　你念吧。但是我得先捡一块石头在手，谨防这神示里的狗咬了我。

腊肠贩　“厄瑞克透斯的儿孙啊，注意这条偷窃的三头狗，[161]
你吃饭的时候，它望着你摆尾巴，你张着嘴往旁边一
望，它就会把你的肉抢去吃了；它还会在夜里偷偷跑
进你的厨房里，贪婪地把你的盘子和“海岛”舔个光
1034 溜溜。”[162]

德谟斯　真的，格拉尼斯，你说得妙！

帕佛拉工　好朋友，你听听，再下判断。“有一个妇人会在神圣的雅典城里生下一只狮子，它会为人民同许多蚊子格斗，就像保卫它的小狮一样。你要建筑木墙和铁塔来保护它。”[163]你懂得这是什么意思？

1041 **德谟斯**　真是的，一点也不懂得。

帕佛拉工　天神明明叫你保护我，因为我就是你的狮子呢。

德谟斯　你怎样又变成了一条狮子？我简直不知道。

腊肠贩　这神示里有一点他故意不给你解释，那就是阿波罗叫你用来保护他的木墙和铁壁，究竟是什么东西？ 1047

德谟斯　天神究竟是什么意思呢？

腊肠贩　他叫你把他囚在五个眼的木枷里。[164]

德谟斯　据我看，这预言就快要实现了。

帕佛拉工　别相信他，那些嫉妒的乌鸦正在哇哇叫呢。你要爱惜你的鹰，要把他记在心里，他曾经为你把那些斯巴达小鱼儿捆住了带回来。 1053

腊肠贩　帕佛拉工是喝醉了酒，才去冒那次危险的。刻克洛普斯的天真的子孙啊，[165]你为什么把这个当作一件光荣的事业？“女人也挑得起重担，只要有男人把担子放在她肩上。”[166]他可不能打仗啊，打起仗来就撒尿！

帕佛拉工　请注意啊，神向你说起皮罗斯前面的皮罗斯——“皮罗斯前面有个皮罗斯”。[167]

德谟斯　“皮罗斯前面的皮罗斯”是什么意思？

腊肠贩　他说他要把你洗澡间里的“皮厄罗斯”抢了去。[168] 1060

德谟斯　我今天可洗不成澡了，因为这家伙把我的澡盆偷走了。

腊肠贩　这儿有一道关于海军的神示，你得好好注意听。

德谟斯 我就注意听，你念吧！首先，水手们的军饷怎样才
1066 付得清？

腊肠贩 “埃勾斯的儿孙啊，[169]小心狐狗欺骗你，它是个小偷，多奸多诈，悄悄地咬了你一口，逃个无影无踪。”你懂得这是什么意思？

德谟斯 这狐狗是菲罗斯剌托斯。[170]

腊肠贩 不是他，是帕佛拉工，这家伙时常要求给他三层桨
1072 快船去催收贡款，阿波罗叫你不要给他。

德谟斯 三层桨战船为什么叫作狐狗？

腊肠贩 为什么吗？因为船快狗也快。

德谟斯 但是他为什么在“狗”字头上加一个“狐”字呢？

腊肠贩 他把水兵比作狐狸，它们也吃田里的葡萄。

1078 **德谟斯** 对。但是哪里有军饷来发给这些“狐狸”呢？

腊肠贩 三天以内我就弄得到钱。且听这一道神示，阿波罗发出的，他叫你注意库勒涅，谨防上当。[171]

德谟斯 什么“库勒涅”？

腊肠贩 阿波罗很正确地把帕佛拉工的手掌当作“库勒涅”，
1083 因为这家伙总是嚷：“放在我的掌上！”

帕佛拉工 他胡说。阿波罗正确地用“库勒涅”这词儿来暗

指狄俄珀忒斯的手掌。[172]我有一道关于你的、崇高的神示，说你会变作一只鹰，统治整个大地。

腊肠贩　我也有一道，说你会统治大地和红海，会在厄克巴塔那做陪审员，[173]吃果子蛋糕。 1089

帕佛拉工　我做过一个梦，看见雅典娜女神用杓子把健康和财富舀来倒在德谟斯身上。

腊肠贩　真的，我也做过一个梦，看见雅典娜女神从卫城上走下来，头上立着一只猫头鹰，[174]她大桶大桶地把神
膏倒在你头上，把蒜卤倒在帕佛拉工头上。 1095

德谟斯　哈哈！从来没有一个比格拉尼斯更聪明的人。我现在把我自己托付给你，“这老头子由你来重新教导”。[175]

帕佛拉工　别忙，我求你等一等，我要供给你大麦和日常的生活。

德谟斯　我不耐烦听你说什么大麦，你和图法涅斯欺骗过我
多少次了。[176] 1103

帕佛拉工　我要供给你大麦粉，已经准备好了。

腊肠贩　我要供给你大麦饼，已经烤好了，还有鱼，也烧好了，你只管吃吧。

德谟斯　你们要供给就赶快供给，你们俩谁待我更好，我就

把城邦的大权交给谁。

帕佛拉工　我要抢先跑。

帕佛拉工进屋去。

腊肠贩　你不成，我要抢先跑。

腊肠贩自观众右方下。

十　第二合唱歌

歌队　（第一节）[177]德谟斯，你的权力真正大，你像个君主人人怕，可是呀，也容易叫人家牵着耍。你喜欢戴高帽子，受欺受骗，老是张着嘴望着那些演说家，你并不是没有头脑，只是不知想到哪里去了。

德谟斯　（第二节）你们认为我是个傻瓜，可见你们的头发底下没有头脑。我不过是有意装傻，因为我喜欢天天喝酒，愿意养一个小偷做管家，等他胀饱了，我就抓住他，一拳头打破他的脑瓜。

歌队　（第三节）如果，就像你刚才所说的一样，你真是这样精明，如果你真有意在普倪克斯把他们当公共的牺牲来饲养，倒也做得不错，等到没有肉吃，你就杀一个肥美的来献祭，大吃一顿。

德谟斯 （第四节）你们看，我巧妙地捉弄他们，他们却自以为够聪明，骗得了我。他们偷窃的时候，我总是注意到他们，却假装没有看见；然后用法院里的漏票管通进他们的喉咙里，[178]逼着他们把他们从我这里偷去的统统吐出来。

十一　第六场

帕佛拉工自屋内提着一个有盖大篮上，腊肠贩自观众右方提着一个有盖小篮上。

帕佛拉工　快滚到阴间去！

腊肠贩　该死的东西，你滚吧！

帕佛拉工　德谟斯啊，我坐在这儿准备了三个时辰，准备要好好伺候你。

腊肠贩　我也准备了十个、十二个、一千个时辰，数不清数不尽的时辰。

德谟斯　我也准备了三万个时辰，数不清数不尽的时辰，直等得我厌恶了你们。 1157

腊肠贩　你知道该怎样办？

德谟斯　不知道，你告诉我吧。

腊肠贩　叫我们俩从起点上开步跑，服侍你，要公平。

德谟斯　得，就这样办。站好！

腊肠贩
　　　噢。
帕佛拉工

德谟斯　一、二、三，跑！

二人开步跑。

腊肠贩　不许你犯规！

帕佛拉工进屋去，腊肠贩自观众右方下。

德谟斯　真是的，有了这两个人爱我，我今天还不好好享受
1163 享受，就未免太瞧不起人了。

帕佛拉工自屋内上，腊肠贩自观众右方上。

帕佛拉工　你看，我首先给你带来了一只凳子。

德谟斯坐在凳子上。

腊肠贩　可是没有桌子，这是我老早就带来了的。

腊肠贩把摊桌移到德谟斯面前。

帕佛拉工　你看，我给你带来了麦饼，是用皮罗斯的大麦粉做的。

腊肠贩　我给你带来了舀汤的面包皮，是女神用她的象牙手

挖空的。[179]

德谟斯 可畏的女神呀，你的手指头好壮啊！ 1170

帕佛拉工 我给你端来了一碗豆羹，颜色好看味道鲜，是这位曾经在皮罗斯助战的雅典娜调制的。[180]

腊肠贩 德谟斯啊，分明是这女神在保护你，她现在把这盛满了汤的钵（谐“膊”）举到你头上。

德谟斯 倘若女神不把她的臂膊显而易见地伸到我们头上；
你认为我们还能够住在这城里吗？ 1176

帕佛拉工 这吓唬敌军的女神给你送来了一块咸鱼。[181]

腊肠贩 伟大的父亲生下的女神给你送来了一碗清炖肉，[182]还有肠肚杂碎。

德谟斯 她想起了那件绣花袍，做得漂亮。

帕佛拉工 这头戴可怕的羽毛的女神叫你吃了这薄饼，好好
地划船。 1182

腊肠贩 请接受这些肠子。

德谟斯 做什么用呢？

腊肠贩 女神有意送给你做船底的肋材，[183]显然是她很关心我们的海军。把这杯酒端去喝了吧，两分酒里三分水。[184]

德谟斯喝酒。

1188 **德谟斯** 宙斯呀，好甜啊，三分水恰到好处。

腊肠贩 是神中三姐给掺的三分水。[185]

帕佛拉工 从我这儿接受这一片干酪饼。

腊肠贩 从我这儿接受这一大块干酪饼。

帕佛拉工 可是你没有兔子肉给他，我倒有呢。

腊肠贩 糟了，哪里去找兔子肉？我的心啊，快打一个卑鄙
1194 的主意！

帕佛拉工把兔子肉自篮内取出来。

帕佛拉工 倒霉鬼，你看见了这个没有？

腊肠贩 我一点也不希罕。那儿有人来找我啦！

帕佛拉工 谁呀？

腊肠贩 一些提着钱袋的使节。

帕佛拉工 在哪里，在哪里？

腊肠贩 与你什么相干？不要管那些客人的事！

帕佛拉工向进出口探望的时候，腊肠贩偷了他的兔子肉。

1200 亲爱的德谟斯，你看，这就是我给你带来的兔子肉。

帕佛拉工 呵，你不要脸，偷了我的东西！

腊肠贩 真的，你在皮罗斯也偷过人家的东西。

德谟斯 （笑）请你告诉我，你怎么会想起把它偷了过来？

腊肠贩 主意是雅典娜打的，东西是我偷的。

得摩斯忒涅斯 危险是我冒的。[186]

帕佛拉工 肉是我烤的。

德谟斯 （向帕佛拉工）你滚吧！谁献给我，我就感谢谁。

帕佛拉工 哎呀，他比我更不要脸！

腊肠贩 德谟斯，为什么还不决定，看我们俩哪一个更对得起你和你的肚子。

德谟斯 凭什么证据来决定，使观众认为我做得很高明？

腊肠贩 我告诉你：悄悄地去把我的篮子提起来，检查里面的东西，再检查帕佛拉工的，保你决定起来没有错儿。

德谟斯 让我看看，这里面有些什么东西？（打开腊肠贩的篮子）

腊肠贩 你没有看见是空的吗？亲爱的爸爸，我统统献给你了。

德谟斯 这篮子倒对得起我德谟斯。

腊肠贩 到这儿来看看帕佛拉工的篮子。（打开帕佛拉工的篮子）你看见这些没有？

德谟斯　呵，装满了这么多好东西！他藏了多么大一块干酪
1220 饼，却只切了这么一丁点儿给我！

腊肠贩　他向来是这样干，他收下的东西只分给你一小片，绝大部分他自个儿藏了起来。

德谟斯　坏蛋，我曾经赏赐你，给你戴上金冠，你却这样偷
1226 了我，骗了我！

帕佛拉工　我原是为城邦的利益而偷窃啊！

德谟斯　快把金冠摘下来，我要给他戴上这荣冠。

腊肠贩　该挨打，快摘下来！

帕佛拉工　别忙，因为我还有一道阿波罗的神示，那上面提起一个人，只有他才推得倒我。

腊肠贩　毫无疑问，那上面提起我的名字。

帕佛拉工　我要考验你，看你同神示里所说的是不是合得起
1235 来。我首先问问你，你少年时候进的哪个书房？

腊肠贩　我在烧猪毛的坑里受过拳骨教育。[187]

帕佛拉工　你说什么啦？（自语）啊，这神示“刺伤了我的心”！[188]（向腊肠贩）你在健身场上学的是哪一种摔跤姿势？

腊肠贩　学的是偷了东西赌假咒，眼睛直盯着对方。

帕佛拉工　（自语）“阿波罗，吕喀亚的神啊，你对我做的什么好事儿？”[189]（向腊肠贩）你成年后干的哪一行？ 1241

腊肠贩　卖腊肠。

帕佛拉工　还卖什么？

腊肠贩　还卖屁股。

帕佛拉工　哎呀，我完了！好在还有一线希望可以寄托。（向腊肠贩）告诉我这一点：你到底在市场里还是在城门口卖你的腊肠？

腊肠贩　在城门口的咸鱼市上。 1248

帕佛拉工　哎呀，神的预言已经实现了！“快把我这不幸的人推进去！”[190]金冠啊，别了！我多么不愿意和你分离！“什么别的人会得到你，他也许会更幸福，可不会是一个更大的小偷。”[191] 1252

帕佛拉工倒在场中。

腊肠贩　宙斯啊，希腊的保护神啊，这胜利的奖品是你赐给我的！

得摩斯忒涅斯　光荣的胜利者啊，我向你欢呼！可不要忘记是我把你造成了一个英雄。我要求你一件小小的恩惠：叫我做你的法诺斯，控状的附署人。[192]

德谟斯 告诉我，你叫什么名字？

1258 **腊肠贩** 叫阿戈剌克里托斯，因为我在市场里靠争吵为生。

德谟斯 我就把我自己托付给阿戈剌克里托斯，这个帕佛拉工也交给他处置。

阿戈剌克里托斯 德谟斯啊，我一定好生服侍你，保你同意说，从没有见过一个人比我对这个傻张着嘴的城邦更是
1263 忠实。

德谟斯、得摩斯忒涅斯和阿戈剌克里托斯进入屋内。

十二　第二插曲

甲　短歌首节

歌队　在开始和煞尾的时候，除了歌颂驾快马的车手而外，还有什么更好的歌题？[193]且不必有意去挖苦吕西剌托斯或是那无家可归的图曼提斯，因为这家伙，敬爱的阿波罗啊，老是挨饿，在得尔福圣地摸着你的箭袋，满脸是泪，希望不至于太穷苦了。[194] 1273

乙　后言首段

歌队长　但是讽刺坏人不致引起旁人的反感，在那些善良的人看来，——只要他们善于判断，——这事情反而值得称赞。如果我所要责骂的是一个“闻名”的人，我便不肯顺便提起我的朋友的名字。任何一个知道白颜色和激昂曲调的分别的人，都知道阿里格诺托斯。[195]那人有一个弟弟，叫作阿里佛剌得斯，坏蛋一个，论人品简直不像他的哥哥！[196]他不仅是坏，而且成心干坏事，要不然，我也就不会注意到他；他不仅坏到极点，而且别出心裁：学波吕涅托斯，跟俄翁尼科斯鬼混，在堂子里搔痒处，舔污水，弄得满胡子肮脏，一些下流的快乐把他的口舌污秽了。[197]谁不痛恨这样的禽兽，谁就不配
1289 同我共一只酒杯喝酒。

丙　短歌次节

歌队　我时常在夜里思索，克勒俄倪摩斯吃起东西来为什么没完没了？据说他在阔人家里吃喝，钻进食柜里就不肯出来，惹得大家异口同声地请求他：“大人，凭你的膝
1299 头请你走，饶了这张餐桌吧！”[198]

丁　后言次段

歌队长　谣传我们的三层桨战船聚拢来大家商量，有一只年高的说道：“姊妹们，你们没有听见城里的消息吗？[199]说是有一个坏蛋，一个尖酸刻薄的公民，叫作许珀玻罗斯，要求一百只船去攻打卡耳刻冬。”[200]大家认为这是一件可耻的、绝难容忍的要求。于是有一个还没有接近过男人的少女说道：“阿波罗保佑啊，他决不能统率我；我宁肯在这儿变个老处女，叫木蠹蛀掉。瑙宋的女儿瑙方忒决不由他统率；[201]天神啊，如果我也是松树造成的，一定不由他！万一雅典人通过了他这个建议，我就提议航到忒修斯庙上去，或是到报仇神庙上去，坐在那儿请求保护。[202]他决不能做我们的统帅，向雅典城得意忘形。只要他愿意，就让他把他卖灯盏的托盘放下水，自个儿航到乌鸦那儿去。”

十三　退场

阿戈剌克里托斯盛装自屋内偕一男孩上。

阿戈剌克里托斯　肃静，把嘴闭起来，不要再传见证，且把雅典城喜爱的法院关起来！让观众为我带来的好消息而欢呼！

歌队长　神圣的雅典城的光啊，海岛的救星啊，你带了什么
1321 好消息前来，要我们焚献牺牲，弄得满市馨香？

阿戈剌克里托斯　我已经把你们的德谟斯煮了一煮，使他由丑老头变成了美少年。[203]

歌队长　我赞美你这奇异的发明，可是他现在在哪里？

阿戈剌克里托斯　他住在这座头戴紫云冠的古雅典城里。

歌队长　我多么想看看他！他穿的什么衣服？变成了什么模

样儿？

阿戈剌克里托斯　就像他从前跟阿里斯忒得斯和弥尔提阿得斯同桌吃饭时候的样儿。[204]卫城的大门正在开着响，[205]你们就可以看见他了。欢呼吧，古雅典出现了，值得赞美，值得歌颂，闻名的德谟斯便住在那里头。 1328

歌队长　光亮亮的雅典城，头带紫云冠，人人羡慕，请你把这地方和全希腊的王显给我们看看。

德谟斯上。

阿戈剌克里托斯　你们看，他出来了，头戴金蝉[206]，身穿漂亮的古装，还抹上没药香、和约香，全没有一点小贝壳的臭味见[207]。

歌队长　欢迎呀，希腊的王啊！我们向你祝贺！你无愧于城邦，无愧于马拉松的光荣。

德谟斯　最亲爱的阿戈剌克里托斯，这儿来！你这一煮对我真好啊！ 1334

阿戈剌克里托斯　真的吗？好朋友，要是你知道了你先前所作所为，你会把我看作神呢。 1339

德谟斯　我先前干过些什么，是什么样的人？告诉我。

阿戈剌克里托斯　首先，只要有人在公民大会里说："德谟斯啊，我是你的朋友，我爱你、关心你，只有我才替你打算。”只要有人这样一说，你就拍拍翅膀，晃晃觭角。[208]

德谟斯 我吗？

1346 **阿戈刺克里托斯** 于是他骗了你，跑掉了。

德谟斯 你说什么？他们这样对付我，我简直不知道！

阿戈刺克里托斯 真的，你的耳朵一开一闭，像把遮阳伞。

德谟斯 我变得这样老朽，这样糊涂吗？

阿戈刺克里托斯 真的，如果有两个发言人提出建议，一个说造军舰，一个说把钱用来作陪审津贴，那提议发津贴的人总是胜过那提议造军舰的人。喂，你为什么垂头丧

1354 气？为什么改变了你的姿势？

德谟斯 我为过去的错误感觉羞耻。

阿戈刺克里托斯 这可不怪你，不必在意，只怪他们欺骗了你。现在告诉我，如果有一个卑鄙的法律家这样说：“不判定被告有罪，你们这些陪审员就没有大麦吃！”告诉

1361 我，你对这个法律家怎么办？

德谟斯 我就把许珀玻罗斯吊在他颈脖子上，把他举起来扔到罪人坑里去。[209]

阿戈刺克里托斯 你现在说得对，说得有理。至于那些别的

事情呢，让我想想看。告诉我，你怎样执行政事？

德谟斯 首先，军舰一回来，水兵有多少人，我就把全部欠饷发给多少人。[210] 1367

阿戈剌克里托斯 多少磨光了的屁股会感激你啊！

德谟斯 其次呢，重甲兵的名字一上了征兵册，就不能讲交情，顾利害，有所更动，必须按照原来的样子登记在上面。

阿戈剌克里托斯 这一下可刺中了克勒俄倪摩斯的盾牌了。[211]

德谟斯 还有，没有须的人不许在市场里聊天。

阿戈剌克里托斯 那么，克勒忒涅斯和斯特剌同又到哪里去聊天呢？[212]

德谟斯 我只是说香膏市上的年轻小伙子，他们坐在那儿这样闲谈："淮阿克斯好机灵[213]，巧妙地逃避了死刑，他咄咄逼人，不许反驳，满口新词妙论，有条有理有锋芒，最善于压倒那一片吵吵闹闹的声音。" 1380

阿戈剌克里托斯 你不是也喜欢"摸摸"这些叽里呱啦的小人儿吗？

德谟斯 凭宙斯起誓，我要逼着他们全体放弃投票权去打猎。

阿戈剌克里托斯 在这些条件下，请你接受这张折凳和这个没有阉过的孩子[214]，他会跟你提凳子，你想到什么地方去，就把他当折凳来使用吧。

德谟斯　我恢复了旧时代的幸福生活。

阿戈剌克里托斯　等我把三十年和约献给你，你又会这样说
1389 的。和约，快出来！

三个少女上。

德谟斯　可敬的宙斯啊，她们生得我么美！天神在上，我可以同她们玩三十年吗？你怎样把她们找出来的？

阿戈剌克里托斯　还不是帕佛拉工把她们藏在里面，不让你得到手？[215]我现在把她们交给你，带着她们到乡下去吧！

1396 **德谟斯**　帕佛拉工干的好事！告诉我，你怎样惩罚他？

阿戈剌克里托斯　没有什么严重，只不过他得干我那一行，他可以把狗肉掺在驴肉里，独个儿在城门口卖腊肠；喝醉了
1401 酒，可以同妓女们拌拌嘴，喝一点澡堂子里的肮脏水。

德谟斯　你想出了个好主意，同妓女们和洗澡的客人们吵吵闹闹正合他的身分。为报答这一切，我邀请你到主席厅里去坐在这个流氓先前所占据的位子上。请穿上这件蛙绿色的袍子跟我去吧！谁来把这家伙抬出去，叫他去卖

腊肠，让那些受过他虐待的客人看看他。[216] 1408

德谟斯和阿戈剌克里托斯自观众右方下，帕佛拉工被人抬出去，三个少女退进门内。歌队退场。

注　释

［1］ 暗射当日著名的将军得摩斯忒涅斯（Demosthenes，并不是那位同名的演说家）。

［2］ 暗射当日著名的将军尼喀阿斯（Nicias）。

［3］ 帕佛拉工（Paphlagon）是诗人给雅典的政治煽动家克勒翁（Cleon）起的绰号，这绰号的意思是“飞溅口沫的人”，因为克勒翁讲演的时候满嘴的口沫。另有一种说法，认为这名字是由小亚细亚的奴隶市场帕佛拉工尼亚（Paphlagonia）变来的。

［4］ 乌吕谟波斯（Oulympos）是公元前 7 世纪的作曲家。

［5］ 阿波罗（Apollo）是宙斯（Zeus）与勒托（Leto）的儿子。

［6］ 这是从欧里庇得斯（Euripides）的悲剧《希波吕托斯》（*Hippolytos*）第 345 行里引来的。希波吕托斯被他的后母爱上了，那女

人想把她的秘密告诉一个老女仆，但又不好意思说出来，因此向女仆这样说，以为她会知道她的秘密。

[7] 据说欧里庇得斯的母亲是卖野萝卜的，生活很苦。阿里斯托芬总是这样挖苦这位悲剧诗人的母亲。

[8] 从第21行起到此处最好读出声音来。这两个人都想起逃跑一法，但是都不肯明说。第20行的“捉迷藏”三字已经含有逃跑之意。内战期中，有许多奴隶逃到斯巴达那边去。

[9] 宙斯为众神之长。

[10] 明指捋东西会捋破皮，暗指逃跑不成功，皮会被主人剥掉。

[11] “豆子”指表决时用来作票的豆子。普倪克斯（Pnyx）本是开公民大会的场所。“聋”指不听劝告。

[12] 指克勒翁，他是一个硝皮厂主。他的厂里制皮革，做皮靴等货。

[13] “皮屑”指花言巧语。

[14] 雅典的陪审费是两个俄玻罗斯（obolos），克勒翁把它加到三个俄玻罗斯。六个俄玻罗斯合一块希腊币（约合银四钱）。

[15] 指赴主席厅的公共宴会。主席厅在卫城北边，厅内每天设宴款待外邦的使节和有功的公民。

[16] “打”字为双关语，希腊文“捏饼”和“打仗”二词的字音

很相近。皮罗斯（Pylos）在伯罗奔尼撒（Peloponnesos）半岛西南部。本剧是公元前424年演出的。约在半年前，得摩斯忒涅斯在皮罗斯海前的岛屿上围住了四百二十个斯巴达人，里面有一些斯巴达的贵族子弟，斯巴达因此遣派使节到雅典来求和。这是很难得的议和机会，但是克勒翁却怂恿雅典人提出一些苛刻的条件，以致无法达成协议。后来等了好久，还不敢进攻，雅典人便有些后悔。由于克勒翁骂那些将军无能，尼喀阿斯便把他的将军职位让给克勒翁。这位野心家答应于二十日内把岛上的斯巴达人个个杀死，或是生擒活捉。他果然把他们擒住，带到雅典来。这胜利本来是得摩斯忒涅斯将军的功劳，但是克勒翁却变成了胜利的英雄，气焰很高。这回看戏，他坐在前排的荣誉座位上。

［17］“皮蝇拍”的原字和希腊文“桃金娘”一名很相似。古希腊人用桃金娘枝叶来当蝇拍，这个皮匠却用皮子来做蝇拍。

［18］“神示”（或作“神宣”“神谕”“神托”“神答”）是由祭司代天神发出的，这种诗句的意义往往模棱两可，晦涩难解。

［19］许拉斯（Hylas）是一个普通的奴隶的名字。

［20］“‘开口’尼亚”原作“卡俄尼亚（Chaonia）人里”，这原字的字音和希腊文“开着口”一词的字音很相似。卡俄尼亚人住在希腊西北部的厄珀洛斯（Epeiros）。“‘爱偷’利亚”原作“埃托利亚（Aitholia）人里”，这原字的字音和希腊文“讨”字的字音很相似。埃托利亚在科

林斯（Corinthos）海湾西北边。“‘刮搂’庇代乡”原作“克罗庇代（Clopidai）人里”，这原字的字音和希腊文“搂钱”的字音很相似。那乡区在雅典东南方。

［21］ 戏仿欧里庇得斯的《希波吕托斯》第402行，剧中的王后淮德拉（Phaidra）为爱情所苦，故作此语。

［22］ 忒弥斯托克勒斯（Themistcoles）是雅典杰出的政治家，海军将领，他在萨拉密斯（Salamis）战役里击溃了波斯人，后来因为侵吞公款，被逐出境。他最后逃到波斯去。他本想背叛祖国，但良心上过不去，传说他喝下公牛的血而自杀。尼喀阿斯这话的可笑处，就在于相信了这个牛血有毒的传言。

［23］ 古希腊人进餐时喝的是加水的淡酒，餐后酌上纯酒，先向幸运神致奠，然后轮流喝这友谊杯里的纯酒，作为分别时保证友谊的表示。

［24］ 就像在宴会里那样躺下来，准备喝酒。

［25］ 普剌涅（Pramne）山在伊卡洛斯（Icaros）岛上，那山上的酒别有香味。

［26］ 巴喀斯（Bacis）是玻俄提亚（Boiotia）的预言家。

［27］ 据说这人是指欧克剌忒斯（Eucrates），他是一个政治煽动家。碎麻可用来填塞船上的木板缝。

［28］ 据说这人是指吕西克勒斯（Lysicles），他是一个卑鄙的政治煽动家，一个海军将领。

［29］ 库克罗玻洛斯（Cycloboros）河在阿提刻（Attice）境内。

［30］ 这个卖腊肠的正向着另一方向走向市场。得摩斯忒涅斯叫他转身对着他走来。

［31］ 以修剪葡萄藤为喻。

［32］ 卡里亚（Caria）是希腊人的殖民地，在小亚细亚西南部，在雅典的东方。卡耳刻冬（Carchedon）即迦太基，在非洲西北部，与卡里亚正东西相对。

［33］ “大蒜酸卤”可作制皮革之用。

［34］ 指猪血制的腊肠。

［35］ “得尔福”（Delphoi，又译作“特尔斐”）是阿波罗的庙地，在科林斯海湾北边。

［36］ 雅典有一千名骑兵，由那些次富的公民组成。他们更组织成为一个政治集团。

［37］ 据说不但这人物的面具没有人敢造，当日的演员也没有一个敢扮演帕佛拉工，诗人只好自己来扮演。

［38］ 帕佛拉工一鸣惊人，他要当着十二位神发誓，其中有六位是男神，即宙斯、波塞冬（Poseidon）、阿波罗、战神（Ares）、火神

（Hephaistos）和赫耳墨斯（Hermes）；还有六位是女神，即赫拉（Hera）、雅典娜（Athena）、阿耳忒弥斯（Artemis）、爱神（Aphrodite）、地母（Demeter）和赫斯提亚（Hestia）。

［39］ 帕佛拉工醒来后又要责骂他们。他看见了那只卡尔喀狄刻（Chalcidice）酒杯，便胡乱用作口实，加了他们一个莫须有的罪名，说他们在煽动叛变。卡尔喀狄刻在马其顿南部的半岛上。卡尔喀狄刻人果然于次年（公元前423年）叛变。

［40］ 据说西蒙（Simon）和帕奈提俄斯（Panaitios）是当日的两个骑兵队长，西蒙曾经著有《骑兵论》。

［41］ 卡律布狄斯（Charybdis）是西西里岸前的一个妖怪，她每天把海水吞吐三次。

［42］ 欧克剌忒斯（Eucrates）就是前面所说的那个卖碎麻的人。他除了卖碎麻而外，还开磨坊，顺便用麸来养猪。他有一次逃进磨坊，躲在麸袋里。

［43］ 雅典的官吏于卸任时要办交代，把他们的报告，特别是银钱账目，交付审查，他们这时候最容易为那些告密人所敲诈。“捏捏”指捏橄榄，看熟了没有。希腊文“摘取”的字音和“敲诈”的字音有些相似。

［44］ 刻索涅索斯（Chersonesos）在特剌刻（Thrace），有许多

雅典富翁住在那儿。“抓住”含有“诬告”之意。

[45] 克勒翁在皮罗斯取得的胜利刺激了尼喀阿斯去攻打科林斯，他那次的胜利主要归功于二百名骑兵，所以帕佛拉工这样提议。

[46] 这是蜂蜜饼，原是用来犒劳最善于值夜班的兵士的。

[47] 希腊文“肉汤”谐“绳子”。“绳子”特指遇大风浪时用来捆船底的绳子。帕佛拉工本来不认识这个腊肠贩，但是他看见他的样子和他的厨房用具便断定他是卖吃食的，因此骂他以物资资敌。

[48] 克勒翁诽谤过尼喀阿斯和得摩斯忒涅斯。

[49] 赫耳墨斯是神使，是商业神，并且是小偷，他才生下来时就偷过阿波罗的牛。

[50] 这些主席官有权审判重要案件。他们这时候正坐在剧场里看戏。凡是没收来的货物应向雅典娜上税，即贡献一部分给她。

[51] 古希腊的合唱歌分若干曲，每曲的首次两节的节奏和拍子是相同的。

[52] 那守望人站在石头高处，一望见金枪鱼成群结队游来，他便大吼一声，令鱼舟下网。

[53] 珀耳伽赛（Pergasai）大概是尼喀阿斯的家乡。

[54] “希波达摩斯（Hippodamos）的儿子”指阿刻托勒摩斯（Archeptolemos），他曾经企图结束战争，但为克勒翁所阻。斯巴达的

乞和团可能是由他护送来雅典的，或是由他引进公民大会的。

［55］ 腊肠贩的意思是说他不让帕佛拉工先说话，歌队长却把这话解作“我可不让你大发雷霆”。

［56］ “酸辣汤”的原文的另一意义是“预备演说辞”。

［57］ 古希腊人认为一个演说家最好是喝酒。

［58］ 弥勒托斯（Miletos）在小亚细亚，那儿出产的鲈鱼味甚鲜美。克勒翁大概要弥勒托斯人多缴纳贡款（或者反对减轻他们的贡款），因此弥勒托斯人对他行贿。弥勒托斯人的贡款过去由十个塔兰同（Talanton）减为五个塔兰同，本剧演出时又改为十个塔兰同。每个塔兰同金币约合银二千四百两。

［59］ 大概是讽刺克勒翁投资开采劳瑞翁（Laureion）的银矿。

［60］ 猪染包虫病，舌下有小脓疱。

［61］ “有一些话”指腊肠贩所说的话。“统治者”指克勒翁。

［62］ 摔跤场上是很讲究姿势的。腊肠贩却采用一些可鄙的诡计来对付帕佛拉工。

［63］ 克勒翁曾经骂过那些将军们，他说，如果他们是好汉，他们可以到皮罗斯去把那些斯巴达人俘虏来。“那儿”指皮罗斯。“麦穗”指斯巴达俘虏。克勒翁想等斯巴达人来赎这些俘虏。

［64］ 克剌提诺斯（Cratinos）是阿里斯托芬的劲敌。他喜欢喝

酒，他床上的毛皮垫一定有酒味儿。摩耳西摩斯（Morsimos）是埃斯库罗斯（Aischylos）的侄儿，一个拙劣的悲剧家。

[65] 克勒翁曾经吐出过五个塔兰同的贿款（参看《阿卡奈人》第6行）。

[66] 这是从西蒙尼得斯（Simonides）的胜利歌里引来的。

[67] “伊乌利俄斯（Ioulios）之子”是主席厅的膳司，他看见这没有礼貌的食客克勒翁倒下了一定很高兴。“向麦饼送秋波”戏仿希腊文“麦子进口检查员”一词。

[68] 古雅典的市场里立得有宙斯的祭坛。这位市场之神不仅保佑商务，而且鼓励辩论与口才。

[69] 古希腊人用手吃菜。这种面包瓤子是用来揩手的，揩后扔去喂狗。

[70] 早春时节，燕子还没有来时，荨麻茎叶正嫩，可以煮来吃，味甚美。

[71] “金元宝”原作“塔兰同”。

[72] 船遇大风，应将帆脚索放松，以便减轻帆上所承受的风力。东北风是地中海上的大风。

[73] 波提代亚（Potidaia）城在马其顿。波提代亚人的叛变是希腊内战的导火线之一。雅典人花了两年的时间，耗费了二千个塔兰同，

才于公元前429年把那城邦攻下来。那些攻城的将军让城内的男人只穿一件衣服，女人只穿两件衣服撤离。雅典人却责备那些将军太宽大了，克勒翁一定也竭力攻击过他们。

［74］“你要受”前面残缺了五个缀音，本剧编订人罗泽斯补充“为了受贿”一语。罚款数目由原告提出。

［75］大约两百年前，库隆（Cylon）想作僭君，曾经占据雅典的卫城，后来饿得没办法，他和他的党羽便逃进雅典娜的庙里。当时的执政官墨伽克勒斯（Megacles）假意答应饶恕他们，这样把他们引诱出来。但是他们出来后，却完全被处死刑。按照古希腊的习惯，凡是逃进了神殿里的人都受到神的保护，谁也不得伤害他们。墨伽克勒斯是贵族出身，他是阿尔克迈俄尼代（Alcmaionidai）族的人。帕佛拉工把腊肠贩当作这一族的人，认为他身上有祖传的渎神罪。

［76］希庇阿斯（Hippias）是雅典最后一个暴虐的僭君。他母亲的名字是密西涅（Myrsine），腊肠贩把她这名字改掉了一个字母，就把它变成了“皮条”。雅典人痛恨那些僭君和他们家里的人。

［77］阿耳戈斯（Argos）在伯罗奔尼撒东北部。雅典和斯巴达都在争取阿耳戈斯加入自己的一方面。克勒翁却在那儿同斯巴达人讲条件，让他们把他从皮罗斯带回来的俘虏赎回去。

［78］墨狄亚（Media）是波斯王国的一个省份。玻俄提亚在阿提

刻北边，盛产干酪。雅典人曾经派人（得摩斯忒涅斯便是其中之一）到玻俄提亚去和那儿的各城邦谈判。“压干酪”的原文的另一意义是“图谋不轨”。

[79] 意谓克勒翁在那儿收买干酪，赚大钱。

[80] 赫剌克勒斯（Heracles）是宙斯与阿尔克墨涅（Alcmene）之子，他是希腊人心目中最伟大的英雄。

[81] 古希腊的角力士把橄榄油抹在身上，这样才容易从对方的手里滑掉。

[82] 以斗鸡为喻，据说鸡吃了大蒜，斗起来更有劲儿。

[83] 文艺女神共九位，她们司理诗歌、戏剧、音乐等等。观众中有许多诗人和音乐家。

[84] “演出”原作“请求分配歌队”。那些喜剧诗人把他们所写的剧本交给君主长官请求演出叫作“请求分配歌队”。君主长官选择三部比较好的剧本，然后给那三个中选的诗人每人指定一个歌队司理。这三个歌队司理都是富有的公民，他们负担歌队的一切演出费。

[85] 意即等到将来才用他自己的名义演出。阿里斯托芬的第一部喜剧《宴会》、第二部喜剧《巴比伦人》和第三部喜剧《阿卡奈人》都是用卡利斯特剌托斯（Callistratos）的名义演出的。

[86] 马格涅斯（Magnes）是一个早期的喜剧家，据说他得过

十一次喜剧奖赏。“弹过竖琴”指他演出过《女竖琴手》，“拍过鸟翅膀”指他演出过《鸟》，“演过吕狄亚（Lydia）人”指他演出过《吕狄亚人》，“扮过没食子蜂”指他演出过《没食子蜂》，“涂上青颜色变一只蛙”指他演出过《蛙》。本剧演出时，马格涅斯已经死去了。

［87］ 克剌提诺斯是一位九十高龄的诗人。在这次的喜剧比赛中，阿里斯托芬得了头奖，克剌提诺斯得了次奖；在上一年的比赛中，阿里斯托芬的《阿卡奈人》得了头奖，克剌提诺斯的剧本得了次奖；但在下一年的比赛中，克剌提诺斯的剧本得了头奖，而阿里斯托芬的《云》则仅得了第三奖，算是完全失败了。“《穿无花果木板鞋的女神》”和“《写美妙的合唱歌的诗人》”指克剌提诺斯的两首歌。“穿无花果木板鞋”一语和希腊文“告密”一词的字音很相似。

［88］ 孔那斯（Conas）是一个音乐家，一说是写歌颂奥林匹克运动会胜利者的颂歌的诗人。

［89］ 剧场中立得有酒神的石像。

［90］ 克剌忒斯（Crates）是一个早期的喜剧家，本剧演出时他早已死去了。阿里斯托芬有意把克剌提诺斯夹在两个死者之间。

［91］ 古希腊的船头有一个水手看岩礁，有一个水手看风向。

［92］“十一把桨”无法解释。中世纪的注释家认为那喝采声长达桨划十一次之久。

[93] “勒奈亚（Lenaia）节”是二月底庆祝的酒神节。

[94] 据说诗人的头很早就秃了，此处可能是暗指他自己是个秃子。

[95] 波塞冬是海神，他同雅典娜竞争做雅典城的保护神时，曾经创出一匹战马。

[96] 克洛诺斯（Cronos）是天与地之子。海神的武器是一把三叉。苏尼翁（Sounion）海角在阿提刻南端，革赖斯托斯（Geraistos）在欧玻亚（Euboia）岛西南端。福耳弥俄（Phormio）是雅典的海军将领，曾立大功，本剧演出时才战死不久。

[97] 雅典人于敬奉这女神的节日里把这件绣花袍挂在船桅上，推着船在街上游行，袍上绣得有英雄的名字。

[98] 克勒埃涅托斯（Cleainetos）是克勒翁的父亲。据说他控制吃公餐的人数，因此有人想吃公餐须向他说好话。

[99] 古希腊少年爱洗澡，但因为缺水，只好先用刮皮具把汗垢刮掉。

[100] 歌队长有意把马和骑士混成一体。

[101] 赶马的声音。原诗戏仿水手喊的“嘿唷”。

[102] 原作“印得有ϡ字母的马”。ϡ是希腊字母S的古体。此处指Sparta（斯巴达）或Sicyon（西库翁）的第一个字母。那两个地方都盛产名马，马身上印得有这个古体字母。

［103］ 据说这种草是波斯战争期中由波斯人移植到希腊的。

［104］ “螃蟹”是科林斯人的绰号。忒俄洛斯（Theoros）大概是一个骑士的名字。

［105］ 古希腊人认为从右方来的预兆是吉祥的。

［106］ 内战是公元前431年爆发的。

［107］ 帕佛拉工这建议很能讨那些比较贫苦的雅典人的喜欢，因为买牛的钱由富人出，神们只享受腿肉和油脂，至于肉则由大家分食，政府还可以得到一百张牛皮。

［108］ 女猎神指阿耳忒弥斯。雅典人在马拉松战役中曾经向阿耳忒弥斯许过愿，如果他们得胜了，他们杀死多少个波斯人，他们就向这位女神献多少头母羊。后来一数，他们竟杀死了六千四百个波斯人，因为没有那么多只羊来献祭，他们只好决定每年献五百只。

［109］ 雅典有五百个议员，由每族的五十个议员轮流做议会和公民大会的主席。“弓手”是雅典的警察，他们是招募来的斯库提亚（Scythia）人。

［110］ 大概戏拟克勒翁回答斯巴达人乞和的话。“鳁鱼”暗射克勒翁从皮罗斯俘虏来的斯巴达人，他们像鳁鱼一样游到雅典来。

［111］ “水手舞”指一种粗野的跳舞。“学鹁鸪叫”意即发出轻蔑的声音。

[112] 指十月尾庆祝收获节的花圈。这花圈是用橄榄枝做的，上面缠得有羊毛、无花果、糕点，还挂得有一些小瓶子，瓶里装的是蜂蜜、橄榄油和葡萄酒。这花圈于庆祝后挂在大门上。

[113] “灯盏商”指许珀玻罗斯（Hyperbolos），那人是一个政治煽动家。

[114] 这石凳代表公民大会会场中的座位。

[115] 把无花果用线系着，凌空悬挂，让孩子们张着嘴去接。这是古雅典儿童喜欢玩的一种游戏。

[116] 这是形如海豚的铅铊，可以从帆桁上坠下去，打破敌人的船。

[117] 吕西克勒斯即前面所说的卖羊人。铿娜（Cynna）和萨拉巴克科（Salabaccho）是两个妓女。据说铿娜是克勒翁的情妇。

[118] “坟场”原作“陶匠区”。此处指雅典埋葬英雄的坟场，这坟场在城外的陶匠区。

[119] 马拉松（Marathon）战争发生于公元前490年。雅典人那次大败波斯人。马拉松在阿提刻东部的海岸上，距雅典城约33公里。

[120] 意即德谟斯曾经在萨拉密斯战役里当过水手，坐在凳子上划船。

[121] 哈摩狄俄斯（Harmodios）是刺杀僭君希帕耳科斯（Hippar-

chos）的英雄。

［122］ 到本剧演出时内战只打了七年，但腊肠贩从公元前 432 年算起，因为雅典人在那一年里围攻过波提代亚。波提代亚是科林斯的殖民地，这城邦后来加入了以雅典城为首的得罗斯（Delos，又译作“提洛”）同盟。雅典城要求这盟邦把科林斯的官员驱逐出境，并且拆毁城墙，交出人质。这无礼的要求迫使波提代亚脱离了同盟。虽然有科林斯相助，波提代亚人仍然抵不住雅典人的进攻，只好匿居城内，坚守了两年之久。自从战争爆发以来，因为斯巴达人来攻，雅典陆军守不住，雅典农民只好匿居城内。

［123］ 阿耳卡狄亚（Arcadia）在伯罗奔尼撒中部。

［124］ 据修昔底德（Thoucydides）在他的史书里所说，克勒翁之所以煽动战争，反对和平，是因为在战时他的恶行不容易叫人发觉，他的诽谤却更容易令人相信。

［125］ 指被榨去油的橄榄渣。

［126］“梦话”指神示。

［127］“阿耳戈斯城啊”一语引自欧里庇得斯的《忒勒福斯》（*Telephos*）一剧。“请听他说的话”一语引自欧里庇得斯的《美狄亚》（*Medeia*）一剧。

［128］“珀赖欧斯”（Peiraieus）是雅典的海港。这海港、海港

的城墙和由海港直达雅典城的走廊墙都是由忒弥斯托克勒斯出主意修建的。

[129] 也许是指在城内添筑城墙，加强防御力量。

[130] 忒弥斯托克勒斯于公元前471年被逐出境。“最好的面包瓤子”原作“阿喀琉斯（Achilleus）面包”，指主席厅的公共宴会上的特等面包。

[131] 密提勒涅（Mytilene）城于公元前428年叛变。叛变平定后，克勒翁主张杀尽密提勒涅人。雅典公民大会后来重做决定，只处死一千多人。密提勒涅人可能收买过克勒翁，以便保存他们的一部分土地。

[132] 戏仿埃斯库罗斯的悲剧《普罗米修斯》（*Prometheus*）第613行。

[133] 意即把他抱在怀里，用胸部压死他。

[134] 这些盾牌保存得很久，直到第2世纪都还看得见。可参看鲍萨尼阿斯（Pausanias）的《希腊游记》第一卷第十五节。

[135] 斯巴达人为了防止奴隶起义，总是把盾牌的把手卸下来，使盾牌成为无用之物，以免被奴隶所利用。

[136] 指一种“贝壳游戏”，并且暗射“贝壳放逐法”。玩这游戏的儿童分为两队，其中一队代表白天，一队代表黑夜。场中划出一条线，两队人各距线若干尺，东西两端各有一个“家”。贝壳一面涂白，

一面涂墨。发动人将贝壳抛向空中，贝壳落地如为白色，则白队追，黑队逃，中途被捉住的人变成马，由胜利者骑到黑队“家”里。根据“贝壳放逐法”，雅典人可以把那些罪有应得而权势太大的公民的名字写在贝壳上，作为投票，来决定把他们放逐出境。

[137] 雅典所需的粮食主要是从黑海沿岸运来的。

[138] “骗德谟斯的斗”意即量给德谟斯的粮食分量不够。

[139] 格律托斯（Gryttos）是一个淫荡的人。

[140] 意即少年人由于同性爱的鼓励而变作演说家。

[141] 古希腊人进餐厅前要脱去鞋子。

[142] 大茴香产自非洲的希腊殖民地库瑞涅（Cyrene）。腊肠贩这话可能是暗指克勒翁竭力主张加强雅典与库瑞涅的商务关系。

[143] “粪城”原作“科普瑞俄斯”（Copreios），意即“多粪的”，谐阿提刻的乡区“科普瑞俄伊”（Copreioi）。

[144] 意即德谟斯可以在节日里不审案件，白拿津贴。

[145] 雅典的三层桨战船是由富人供应的，有的出钱建造新船，有的出钱修理旧船。

[146] 歌队长把帕佛拉工的嘴比作一口沸腾的锅。

[147] 克勒翁大概被弥勒托斯人收买了，反而替他们说话。

[148] 此处的“一个俄玻罗斯一大群”是以市场廉价广告为喻。

［149］ 意即刺激他发脾气，或解作刺激他像公鸡一样去打架。

［150］ 原文“油”字谐“人民”。

［151］“石头”指公民大会会场上的演讲台。

［152］ 克勒俄倪摩斯（Cleonymos）是一个贪吃的人。

［153］ 古时候有一道神示，说雅典会像酒囊一样在海上漂浮，受苦受难，但不会沉没。帕佛拉工以为腊肠贩一定保存着这一道神示。

［154］“控告”的原字可解作“追逐”和“控告”。观众以为腊肠贩会说“去追逐国王们”。斯弥枯忒斯（Smicythes）是一个雅典公民，他这名字的受事格的字形像一个阴性字形，所以腊肠贩把他当作一个女人。

［155］ 大概是因为诗人希望这合唱歌成为一首流行的歌子，他才加进克勒翁的名字，借此加强这合唱歌的真实性。“在场人”指全体观众，或解作“全体雅典人”。“正要前来的人”指盟友。本剧是在二月尾的“勒奈亚”酒神节里演出的。再过一两个月便是酒神大节，那些盟友将在那时候前来观剧。或解作“后代儿孙”。

［156］“老头子”指那些靠津贴生活的老陪审员，他们拥护克勒翁。“样品所”指珀赖欧斯的交易所，商人把他们的货样带到那儿去给买主看，货物却暂时留在船上。“杵”和“杓子”可作压迫和搅乱的工具。

［157］ 多利斯（Doris）是一支希腊民族。希腊文“贿赂”一词

的字音和这专名的字音很相似。

[158] 格拉尼斯（Glanis）这名字是诗人虚构的。

[159] 厄瑞克透斯（Erechtheus）是神话时代的雅典国王。

[160] 指得尔福庙里的三脚宝座。一个女祭司坐在那宝座上，她闻着地下石缝里透出来的硫磺气渐渐昏迷，嘴里唱起什么话来，那旁边的男祭司听了，便把她的话编成歌词。

[161] “三头狗”原作“刻耳柏洛斯”（Cerberos），那是一条看守冥界入口的狗。

[162] “海岛”暗指雅典盟邦所献的贡款。雅典的盟邦大半是爱琴海上的岛屿。

[163] 曾经有一道神示，说雅典抵抗波斯的进攻要靠“木墙”。“木墙”指兵船。

[164] 这种刑具可以把手脚和颈脖子枷起来。

[165] 刻克洛普斯（Cecrops）是厄瑞克透斯的儿子，神话时代的雅典国王。

[166] 引号里的话戏拟勒斯刻斯（Lesches）的史诗《小依里亚特》里的诗句。“女人”指克勒翁，“男人”指得摩斯忒涅斯。这句话的意思是说克勒翁的“功劳”是得摩斯忒涅斯放在他肩上的。

[167] 伯罗奔尼撒西岸有三个皮罗斯，彼此相距不远。这三个

城的人彼此争吵，都说他们自己的城是荷马战争中的老英雄涅斯托耳（Nestor）的生长地，因此产生了这样一句谚语：“皮罗斯前面有个皮罗斯，此外还有个皮罗斯。”诗人在这儿挖苦克勒翁老是提起皮罗斯。

[168] “皮厄罗斯”（pyelos）即浴盆。

[169] 埃勾斯（Aigeus）是厄瑞克透斯的孙儿，神话时代的雅典国王。

[170] 据说菲罗斯刺托斯（Philostratos）是一个妓院老板，绰号“狐狗”。一说是一个政治家。

[171] 库勒涅（Cyllene）是伯罗奔尼撒西北部的海湾，礁石很多。公元前429年斯巴达海军被击溃后曾经避入那海湾里。那海湾的名字的字音和希腊文“掌窝”一词的字音很相似。

[172] 狄俄珀忒斯（Diopeithes）是一个预言家，曾被控受贿。

[173] “红梅”指西南亚一带的海。厄克巴塔那（Ecbatana）是墨狄亚的首都，后来变成了波斯国王的避暑地。

[174] 猫头鹰是雅典娜的圣鸟。

[175] 引号里的话是从索福克勒斯（Sophocles）的悲剧《珀琉斯》（*Peleus*）里面引来的。

[176] 图法涅斯（Thouphanes）是克勒翁的党徒。

[177] 这只合唱歌不分“曲”，各节的节奏和拍子是相同的。

[178] “漏票管”指投票箱上面的漏斗形的管子。

[179] 古希腊人用面包皮当匙子使用。“象牙手”指卫城上雅典娜神殿里的女神像的象牙手，那神像的肌肤部分是用象牙做的，衣饰部分是用金子做的。

[180] “在皮罗斯助战的”原作“在关口上作战的”，希腊文“关口”与“皮罗斯”同音。这原字的字音和“助战神”的字音也很相似。“助战神雅典娜”是卫城上的大铜像的名字。

[181] 雅典娜胸前挂着戈耳戈（Gorgo）的头，十分吓人；谁看见那妖怪头，谁就会变作石头。

[182] 有一次宙斯的妻子墨提斯（Metis）怀了孕，宙斯怕她生下一个比他更强大的神，便把她吞下了。后来有一天宙斯头痛，他叫火神把他的头击破，雅典娜便从他的头里跳了出来。

[183] 希腊文“肠子”的字音与“肋材”的字音很相似。

[184] 古希腊人喝淡酒，酒里要掺水。掺水的多寡往往按喝酒人的喜好而定，普通的习惯是掺三倍水。

[185] “神中三姐”原作“特里托（Trito）生的”，“特里托”意即“第三”，此处大概是指雅典娜是宙斯的第三个儿女。关于“特里托”尚有许多种不同的解释。

[186] 意即兔子是他猎获的。这话的内在意思是说皮罗斯一仗是

他打的。

[187] 猪皮上的毛是烧掉的，不是刮掉的。

[188] 引号里的话戏拟欧里庇得斯的《美狄亚》一剧第 55 行。

[189] 据说引号里的话是从欧里庇得斯的《忒勒福斯》一剧里引来的。吕喀亚（Lycia）在小亚细亚南部，阿波罗在那儿很受人崇敬。

[190] 意即把平台推进去。平台是表示内景的活动台，可由景后推出来。据说引号里的话是从欧里庇得斯的《柏勒洛丰》（*Bellerophon*）一剧里引来的。

[191] 引号里的话戏拟欧里庇得斯的《阿尔刻提斯》第 181 和 182 两行，那两行诗的意思是："什么别的女人会来占据你，她也许更幸福，可不会比我更贞洁。"

[192] 法诺斯（Phanos）是一个告密人，克勒翁的党徒。

[193] 这三句戏拟品达（Pindaros）的诗句。

[194] 吕西斯特剌托斯（Lysistratos）是一个劣等诗人，一个告密人，生活很穷苦（参看《阿卡奈人》第 855—859 行）。图曼提斯（Thoumantis）是一个预言家，生活也很穷苦。

[195] 观众以为歌队长会唱出"黑白有别"。歌队长的意思是说任何一个稍有知识的人都知道阿里格诺托斯（Arignotos）。这名字的意义是"闻名的"。这人是奥托墨涅斯（Automenes）的儿子，一个吹笛

手（参看《马蜂》第1275—1283行）。

［196］ 阿里佛剌得斯（Ariphrades）是一个淫荡的人。

［197］ 波吕涅托斯（Polymnestos）和俄翁尼科斯（Oionichos）是两个卑鄙的人。这两行诗太粗俗，不合阿里斯托芬的风格。据说这第二插曲是喜剧作家欧波利斯（Eupolis）帮忙写的。这几行诗可能出自欧波利斯的手笔。

［198］ 意即不要连桌子都啃掉了。古希腊人的请求姿势是一手抱住人家的膝头，一手摸住人家的胡子。

［199］ 据说这一句是从欧里庇得斯的《在普索菲斯的阿尔迈翁》（*Alcmaion ho dia Psophis*）一剧里引来的。

［200］ 欧波利斯专事攻击许珀玻罗斯，这一段"后言"可能是他替阿里斯托芬写的。阿里斯托芬后来在《云》里说："欧波利斯演出了《急色儿》（*Maricas*），首先在那里面攻击他（指许珀玻罗斯——译者注），那家伙改编了我的《骑士》，改得很坏。"（第553—554行）欧波利斯便在他的《巴普泰》（*Baptai*）一剧里这样回答："那部《骑士》是我帮忙那秃子写的。"关于卡耳刻冬参看注［32］。

［201］ 瑙方忒（Nauphante）是船名。希腊文"瑙宋"（Nauson）的字音和"船"的字音很相似。

［202］ 忒修斯（Theseus）是埃勾斯的儿子，雅典城最伟大的英

雄。他的庙地在卫城北边，靠近市场。报仇神（Eumenides）是三位威严可畏的女神，她们惩罚血杀罪。她们的庙地在卫城西北边的战神山下。

[203] 就像美狄亚把伊阿宋（Aison）变年轻。但她那次煮的是药物，并不是伊阿宋。她后来又当众表演，把一条老羊煮了一煮，就把它变成了一条羔羊。

[204] 阿里斯忒得斯（Aristeides）和弥尔提阿得斯（Miltiades）是当年大败波斯军的卫国战争中的英雄。“同桌吃饭”指行军时同桌吃饭。

[205] 景后的换景柱在转着响，背景换成了卫城。

[206] 卫国战争时期的希腊人把头发挽成一个结子，上饰金蝉。据说雅典人因先王刻克洛普斯等是“地生的人”，与蝉从土中蜕化一样，故用蝉作为装饰。

[207] 指法院里当陪审票用的小贝壳。

[208] 如鸡拍翅膀，牛晃觭角。

[209] 意即借许珀玻罗斯来增加重量，并且把他一起干掉。罪人坑在卫城后面。

[210] 雅典水兵的军饷每天一块希腊币，舰队出发时只发半数，怕的是全部发放了，水兵们会中途逃跑或是浪费金钱。战争期间，国库空虚，他们的军饷往往拖欠得很久。

［211］ 讽刺克勒俄倪摩斯企图逃避兵役。这胆怯的人后来在得利翁（Delion）战役里竟弃盾而逃。得利翁战役发生在公元前424年，即本剧演出这一年。

［212］ 当日的年轻人都留须，克勒忒涅斯（Cleisthenes）和斯特剌同（Straton）却把须剃得光光的。

［213］ 淮阿克斯（Phaiax）是阿尔喀比阿得斯（Alcibiades）的政敌。

［214］ 折凳是旧时代的普通家具。

［215］ 意即由于克勒翁阻挡，和平未能及早实现。

［216］ 现存的阿里斯托芬的其它的喜剧都是由歌队唱出几句诗，或是由歌队长念出几句诗作为最后的收尾，唯独本剧由剧中人物收尾。也许是因为帕佛拉工的退场近于出丧，不宜用诗歌来伴送。一说剧尾有残缺。

附录　1954年版《阿里斯托芬喜剧集》材料

译者序

《骑士》于公元前424年演出，得头奖，这是诗人最得意的胜利。这剧反映当日的内战史事与政治斗争。

公元前425年夏，雅典遣派四十只兵舰赴西西里。舰队绕行到伯罗奔尼撒西海岸前，得摩斯忒涅斯、雅典最能干的海军将领，命舰队在皮罗斯建立了一个根据地。斯巴达海军赶到的时候，却被雅典海军击溃了，遗下四百二十名斯巴达重甲兵被困在皮罗斯海前的斯法克忒里亚（Sphacteria）岛上。由于这一队兵士中有许多斯巴达贵族在内，斯巴达因此遣派使节团到雅典来乞和。这是很难得的机会，雅典人很可以藉此光荣的结束战争，但是克勒翁却怂恿他们提出苛刻的条件，拒绝了和谈。[1]斯法克忒里亚岛上林木很茂，以致得摩斯忒涅斯不敢贸然进攻，拖到冬天，斯巴达人便可能逃跑。雅典人有些后悔了，克勒翁便在公民大会上骂那些将军无能，他说:“如果将军们是好汉，他们可以带着军队前去，很容易就把岛上的敌军俘虏了来；我要是身为将军，就一定干得了。”他料想不到，他的政敌尼喀阿斯会把将军职位让给他。本来，克勒翁只会吹牛皮，并没有胆量，但是他知道得摩斯忒涅斯就要向岛上进攻，他竟大言不惭，答应在二十天以内把岛上的斯巴达人杀得一个不留，或者把他们生擒活捉。可巧野火烧毁了岛上的树林，暴露了敌军的数目。克勒翁到达皮罗斯的时候，得摩斯忒涅斯正准备进攻。一切都按照得摩斯忒涅斯的计划进行，一切由他指挥，岛上的斯巴达人果然投降了。克勒翁身为主帅，他摘取了别人的胜利果实，回到雅典。

上文已经说过，克勒翁是急进民主派的首领。由于当时雅典的政治经济危机和阶级斗争越来越尖锐，克勒翁主张彻底击败斯巴达人，一方面自然是为了争取霸权，另一方面却是为了压迫寡头党，使它失去斯巴达的支持。即使战争延长下去，一时不能取胜，战争本身也可以使其他矛盾长期处于次要地位。他本人还可以借此营私舞弊，混水摸鱼。执政七年，他受贿敲诈，竟积蓄了五十个塔兰同（每塔兰同约合银二千四百两）之多。克勒翁能言善辩，最善于愚弄人民，他曾经把陪审津贴由两个俄玻罗斯提高到三个俄玻罗斯，以收买人心，这就是他愚弄人民的手段之一。

阿里斯托芬的想法和克勒翁的恰好相反。他认为克勒翁是战争的罪魁，是人民的祸害，因此正当克勒翁从皮罗斯胜利归来，威权赫赫的时候，他就上演《骑士》来讥骂他。

《骑士》的“开场”写德谟斯（意即“人民”）的仆人得摩斯忒涅斯和尼喀阿斯出来诉苦，说是他们的主人新近买了一个叫作帕佛拉工的奴隶（即克勒翁）来做管家，这家伙善于欺骗主人，压迫同伴。得摩斯忒涅斯和尼喀阿斯趁他喝醉了睡觉的时候，偷来了他密藏的神示。据神示说，一个卖腊肠的小贩会把帕佛拉工撵走。跟着就进来了一个腊肠贩，他勉强担任了打倒帕佛拉工、代他统治雅典城的政治使命。等到帕佛拉工一出场，腊肠贩便想逃跑，好在有二十四个骑士（他们组成剧中的歌队）前来支持他。在第一次“对驳”（第一场）里，腊肠贩和帕佛拉工都说对方有盗窃国库的行为。争吵无结果，帕佛拉工便到议院里去进行诬告。在议院里的一场争辩是由腊肠贩口述的（第二场）。他向议员们报告鳊鱼（暗指斯巴达俘虏）大贱卖，用一些香荽菜便把议员们收买了。后来他们两人当着德谟斯（意即在公民大会上）进行第二次“对驳”。腊肠贩控告帕佛拉工欺骗德谟斯，拒绝和谈，侵吞公款，接受贿赂，还指摘战时的苛重赋税使人民日益贫困。德谟斯渐渐觉悟了，他在第四场里解除了帕佛拉工的职务，交了一个戒指给腊肠贩，叫他做管家。帕佛拉工在第五场里用一些神示来欺骗德谟斯（这一景表示人民的轻信），腊肠贩便用一些神示来揭露帕佛拉工的罪行。两人在第五场里各献了一些食物给德谟斯，但是帕佛拉工的兔子肉却被腊肠贩偷来献给了德谟斯。最后是检查食物篮子。腊肠贩的篮子是空空的，足见食物已经全部献出了，而帕佛拉工的篮子里却装满了许多食物，这都是他偷窃、贪污而得来的。于是德谟斯叫帕佛拉工把金冠摘了下来。腊肠贩胜利以后变作了一个很正派的人，他把德谟斯煮了一煮，使他返老还童，那就是说，使雅典人民恢复了马拉松时代的精神。他还把三个象征和约的女子找出来献给德谟斯。

《骑士》的政治作用主要在于揭露政治煽动家的本质。诗人痛恨当日的“德马戈戈伊”（demagogoi），这名词的意义原是“人民领袖”，指民主派的领袖，本来是没有坏意义的。但是，随着雅典政治的演变，阶级斗争的剧烈化，一些野心的政客便利用战时不安定的心理，凭他们的口才骗取人民的信仰，从而掌握政权。他们煽动战争，煽动城邦仇恨，营私舞弊，混水摸鱼。于是“德马戈戈伊”这名词就带上“政治煽动家”的坏意义了。克勒翁是第一个政治煽动家，他最有权势，最能为害，因此诗人拿他来作为政治煽动家的典型人物。诚然，历史人物克勒翁不见得像剧中人物帕佛拉工这样坏，但是这种夸张的写法在讽喻喜剧里是被容许的。

《骑士》是雅典盛衰史的缩写，它指出雅典人民在卫国战争的时代朝气勃勃，指出雅典人民在内战初期已经暮气沉沉。诗人力促雅典人民恢复马拉松时代为民主自由而奋斗的精神，叫他们自己做主，不要受政客的愚弄。

《骑士》也反对战争，主张和平。诗人攻击克勒翁拒绝和谈，他更把三个象征和约的女子交给德谟斯，叫他把她们带到乡下去，这就是诗人息战归农的思想。总的说来，《骑士》是阿里斯托芬最尖锐最有力的政治讽刺剧。

一些资产阶级学者根据《骑士》一剧，认为阿里斯托芬是寡头党人，这个看法对于诗人简直是莫大的诬蔑。诗人之所以借寡头党人物得摩斯忒涅斯、尼咯阿斯和骑士们（骑士是由雅典次富的贵族地主的子弟组成的）来反对克勒翁，自然是因为他们都是克勒翁的政敌。但是诗人的立场和他们的却大不相同。寡头派之所以反对战争，反对克勒翁是为了党争，是受了斯巴达人的收买，以反战为口实，企图推翻雅典的民主制度，恢复贵族政体。阿里斯托芬则是为了人民的利益而反对战争，反对克勒翁，反对急进民主派。诗人对人民的态度也和他们的不同：寡头政治派轻视人民，害怕人民；阿里斯托芬则重视人民，热爱人民（从诗人怎样处理德谟斯这人物可以得到证明）。以上两点已经足以证明诗人并不是寡头党人，而且古代的文献并没有提及他隶属于任何党派。诗人既非寡头党人，更非急进民主党人，然则，他的政治倾向又怎样呢？在原则上他是赞成民主政治的。他站在农民的立场上，对于马拉松时代曾经使农民摆脱痛苦的民主运动是很向往的，那时代的民主运动很重视农民的利益，它曾经取消农民所负的债务，拆毁抵押土地的石碑。德谟斯的返老还童正好说明诗人对于马拉松民主精神的向往。由此我们可以断定诗人的政治理想是倾向于温和的民主主义的。

《骑士》的人物在现存的希腊喜剧中算是最少的，一共只有五个。人物少，动作也就少。诗人选中骑士们来组成剧中的歌队可以说是选得很好的。他们是克勒翁政治上的仇敌，仇人一见，追追打打，就增添不少动作，因此“进场”一景是很热闹的。《骑士》是雅典政治活动的缩写：剧中人物正像一些政见不同的人一样，平日一见面就争辩，相持不下，就到议院去控告，然后诉诸公民大会。剧中的动作便随着这些步骤而发展。双方又用许多种手段来争取德谟斯的欢心，时而奉献衣物（第三场），时而宣读神示（第五场），时而送上吃食（第六场），这就使得剧中动作有了变化，不致单调。这些动作和双方的争辩一直进行到第六场（靠近剧尾）才告结束，所以全剧的结构相当紧凑，只有“退场”一景（只占全剧十四分之一）才表示斗争的结果，这一景是很有声有色的。

帕佛拉工是一个典型的政治煽动家，凶恶、贪婪、嘴里乱翻泡、有辩才、有手段、善于诬告同伴，欺骗德谟斯。腊肠贩比帕佛拉工还要坏，但是我们要注意到他后来的转变，他几乎变成了诗人本人，成为一个正面人物。得摩斯忒涅斯有机智、有胆量、自负、乐观；尼喀阿斯正和他相反。这两个剧中人物的性格和历史人物的性格大致符合。

本剧的“第一插曲”在阿里斯托芬的“插曲”中算是

最完美的，而且是极宝贵的喜剧史料，里面的两节歌原文极美。剧中最精彩的是第六场，其中又以帕佛拉工最后的失败一景（第1227—1252行）最为美妙，帕佛拉工往下坠的时候还想抓住一根草，靠神示来挽救他，未免可笑。

针对克勒翁的剧本不仅有上述的《骑士》。两年之后（公元前422年），阿里斯托芬上演《马蜂》。《骑士》抨击克勒翁愚弄人民的政策，《马蜂》则讽刺克勒翁提高陪审津贴，以便收买那六千个陪审人员，利用他们来操纵公民大会，迫害他的政敌，巩固他的政治势力，达到他的自私的目的。

注　释

[1] 参见《骑士》第794—796行。